YOUNG AGE小說鮮視界！

YA!

青春滿點！活力滿載！好看滿分！

未來都市 NO.6 #7

淺野敦子—著

Bxyzic—圖 珂辰—譯

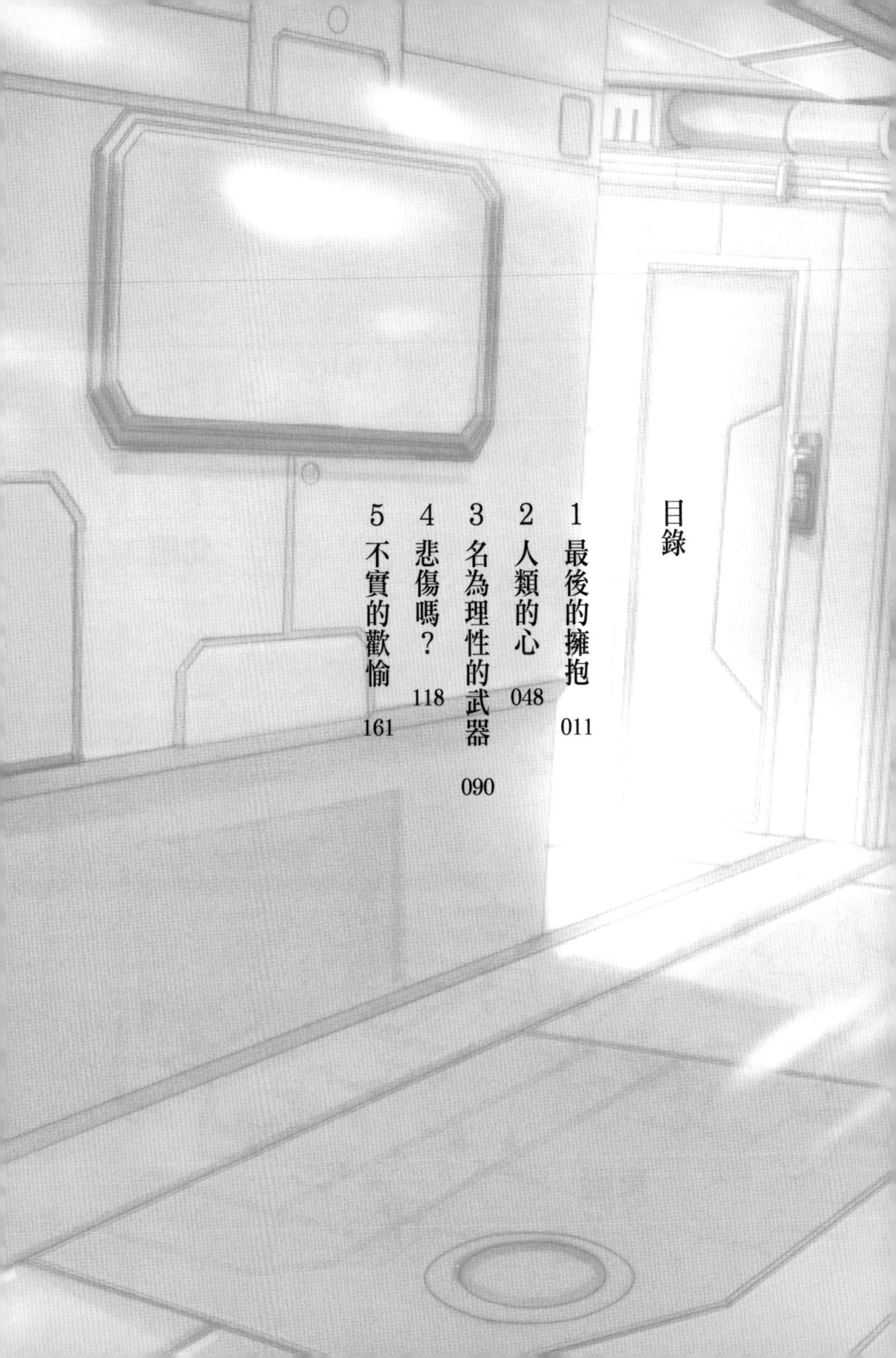

目錄

W
N
S
E
監獄
森林區
北區
農田
東區

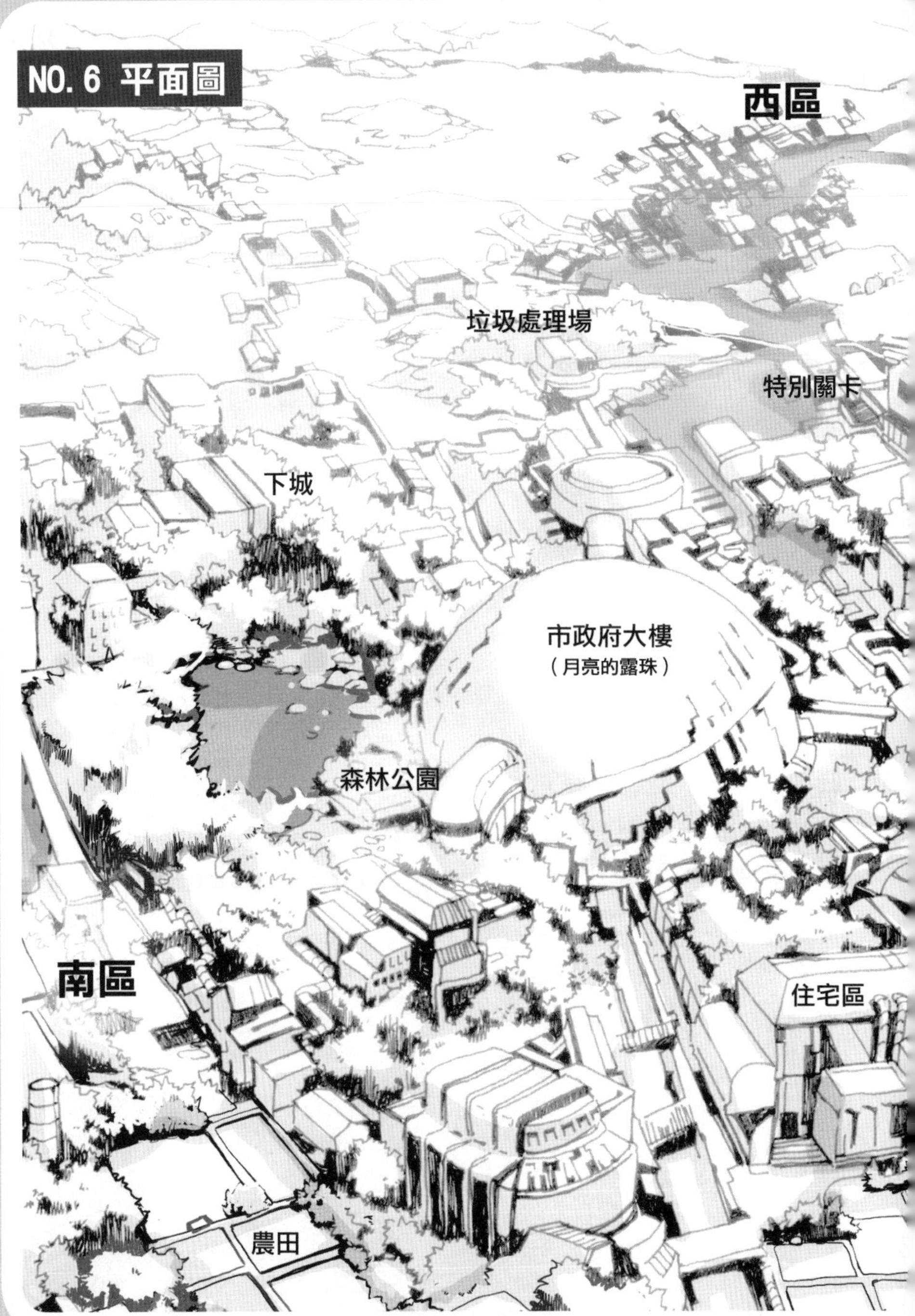
NO. 6 平面圖
西區
垃圾處理場
特別關卡
下城
市政府大樓
（月亮的露珠）
森林公園
南區
住宅區
農田

人物介紹

紫苑

兩歲時被NO.6市政府認定「智能」屬於最高層次，便和母親火藍住在「克洛諾斯」裡，接受最完善的教育與生活照顧。十二歲生日那天，紫苑因為窩藏VC而被剝奪了所有的特殊權利，淪為公園的管理員。後來，紫苑在公園中發現因殺人寄生蜂而出現的屍體，竟因此被治安局誣陷為兇手，在千鈞一髮之際被老鼠所救。沒想到，紫苑的體內也遭到不明蜜蜂的寄生，差點命喪黃泉。熬過死亡大關的紫苑，所有的頭髮都變白了，身體上也出現一條纏繞全身、如紅蛇般的痕跡。

老鼠

真實姓名不詳，有著如老鼠般的灰眼珠。十二歲的時候因為不明原因，從外面被運送進NO.6裡，還被冠上「VC」——重大犯罪者的身分。受了槍傷的老鼠，逃進少年紫苑的房間裡，也開啟了兩人四年後重逢的緣分。當紫苑因為寄生蜂事件，被治安局誣陷為殺人兇手時，老鼠出手救了紫苑，並將他帶到自己居住的西區，還陪伴紫苑熬過了寄生蜂入侵體內的生死關頭。

火藍
紫苑的母親，跟紫苑一起被趕出「克洛諾斯」之後，在下城的某個角落，開了一家手工麵包店。雖然是只有一個展示櫃的小店面，但是從早到晚都飄著麵包的香味，很多人因此被吸引而來，生意滿好的。
力河
前《拉其公寓》（報紙名）的記者，現在在西區以發行不良的黃色書刊和為NO.6高官找樂子為業。曾經歷過NO.6初創建的時期，並知道許多不為人知的黑暗內幕。力河與紫苑的母親火藍是舊識，年輕的時候曾經非常喜歡火藍。
沙布
兩歲時，智能被認定為最高層次，在十歲之前是跟紫苑在同一間教室學習的同學，一直到十六歲仍跟紫苑來往密切。主修生理學，已經被市政府選為交換留學生，到其他都市去進修。

火藍&立克

老鼠家附近的孩子,是一對姊弟。因為家裡非常貧窮,常常吃不飽，而紫苑因為火藍與母親同名，所以對她很有親切感,表示有空時願意讀故事給火藍還有其他小孩子聽。

楊眠

小女孩莉莉的舅舅。外表上看起來，他是一個身材瘦高、長相平凡的中年男子，但其實對於NO.6，內心藏有諸多不滿和憤恨。在一個偶然的機會下，曾出手救了紫苑的母親火藍一命。

借狗人

個子矮小,擁有一頭長到腰際的黑髮,經營西區內一間殘破的舊飯店，以出借狗給投宿的人取暖為主業；因為聽得懂動物的語言，所以也利用狗到處打探情報，並將情報販賣給需要的人。

市長

市長有一對愛抖動的大耳朵，學生時代的綽號叫「大耳狐」。密謀未知的計畫，期望將以市長的身分來掌政的時代結束，改以君王的身分絕對掌管NO.6，統治這塊土地。

白衣男

長髮、戴著一副度數很深的近視眼鏡，終日從事瘋狂的人體實驗。與市長在學生時代為同學。和市長各懷鬼胎、相互利用，企圖掌控NO.6。

爸爸會回來吧？
當然會回來啊！

I 最後的擁抱

這裡將是我永遠的安息之地，
我希望我這疲憊不堪的一生
能夠就此掙脫悲慘命運的枷鎖。
啊啊，我的眼啊，就看這最後一眼吧！
啊啊，我的手啊，就享受最後擁抱吧！
（「羅密歐與茱麗葉」　第五幕　第三場）

刺眼的白色光芒。
暈眩。

無法抗拒的光。

光芒四射，十分燦爛。

前方無庸置疑是NO.6的世界。

是啊，NO.6總是這樣，充滿光亮，散發光芒。

我回來了。

紫苑用力握緊拳頭。

有人拍了一下他的背。

「深呼吸！」老鼠說，「把你的感情跟氣息一起釋放出來，因為只要有瞬間的遲疑或激動，都可能要了我們的命，要冷靜行動！」

「我知道。你才是，要緊跟上來啊。」

紫苑突然覺得好笑，由心頭逗笑了出來。

「幹嘛？」

老鼠收斂下巴問：

「你笑什麼？」

「居然能對你說『緊跟上來』的感覺真好，因為一直以來都是你對我說這句話的。」

「……紫苑，你啊……」

放棄想要說什麼的衝動，老鼠只是搖搖頭。門全開了。

光線直射出來。

「走吧，老鼠。」

放鬆拳頭，紫苑邁開腳步踏入白色光芒裡。

笑了？

老鼠搖頭，緊咬下唇，有點喘不過氣來。

為什麼他這個時候還笑得出來？

而且還是由心底發出的愉悅笑聲。

不是虛張聲勢、不是裝模作樣，在即將踏入監獄內部的前一刻，紫苑笑了。

他居然笑得出來。

居然能對我說「緊跟上來」的感覺真好……

什麼啊，我們是悠閒聊天的學生嗎？這就是所謂的談笑風生嗎？為什麼……你這個人為什麼這麼不緊張？你不知道自己處在怎樣的情況下嗎？

要怎麼罵他都不為過。

「但是……」老鼠喃喃自語。

但是，他太厲害了。

在還沒罵出口之前，已經先感到佩服。

我笑不出來，我怎麼也無法放開心胸去笑。正要踏進如同地雷區的危險地帶的現在，我沒有餘力去笑。

不是恐懼，也並不害怕，只是緊張。那是為了迎戰的準備；為了躲過襲擊而來的敵人，並在錯身而過的瞬間給予敵人致命一擊時，身心必要的準備。然而，紫苑身上完全看不到那種準備，他連戰鬥的意識都沒有。

好幾次都很不耐煩地想問他：「你把爪牙忘在哪裡了嗎？」甚至還曾焦慮到甩他巴掌，不是嗎？

原以為紫苑孱羸，以為他遠遠比自己脆弱、嬌嫩，彷彿剛孵出來的雛雞，毫無防備、軟弱無力……心裡覺得這小子完全不懂任何可以在這個過於殘酷的現實中，生存下去的方法。雖然如此，卻一次也沒有輕視、看不起過他。

反倒是……沒錯，反倒覺得自己必須保護他，如果我不全力守護紫苑，他就活不下去，會被擊倒。我真的曾經這麼想過。

實在是天大的誤解，我犯了誤判的愚蠢錯誤。

很久以前，我就察覺到這一點了。

紫苑一點也不弱。他不弱，才能夠來到這裡。他非但沒被擊垮，還堂而皇之地活了下來。他以自己的力量往上爬，通過殘酷悲慘的現實，站在這個地方，而且還笑了，不是嗎？

笑……是嗎？是啊，你以你的方式，我就做我自己，一起突破重圍吧！

調整好呼吸。

好戲才正要上場，紫苑。

接下來會發生什麼呢？前方有什麼在等待呢？我們絲毫無法預測。

是地獄？

有奇蹟？

生還？還是一去不返？

前途未卜。

究竟會發生什麼呢……？

衝到終點時，你還笑得出來嗎？你還會是你，帶著跟往常一樣的笑容嗎？

「走吧，老鼠。」

紫苑踏進白色光芒之中。

必須緊跟著他，不能落後。

老鼠點頭，跟著紫苑邁入光芒裡。

X點。

內部構造圖上這麼記載，代表位於po1-z22的那道門，地下空白部分跟地上唯一接觸的一點。

門開了，也開啟地下世界與監獄設施之間的通道。大概是氣壓的差異，感覺有風吹了進來。

紫苑往右跑。

腦海中浮現富良畫給他的內部構造圖，彷彿東西就在眼前。

「往右十五步，到那裡為止很安全，沒有感應器。再過去是樓梯。」

「樓梯上呢？」

「第二階四十五度角有一個，轉角的平台上距離地面十五公分水平有一個，第十一階的六十度也有一個，都有電波通過，但如果不觸碰到它，監視錄影器不會啟動。」

「喔，戒備比較寬鬆喔。」

「到這裡為止是。」

這裡是監獄設施的最底層，主要是倉庫跟資料室，除了X點，跟外部完全沒有接點。當然，沒有任何窗戶、沒有門。除了透過正規的路徑——監獄的從業人員、職員，或是拿到訪客用的認證晶片，不需在意感應器，可以從樓梯或電梯下來——之外，如果不是通過那個地下世界，根本無法來到這裡。

就機密上而言，不是重要的區塊，被入侵的可能性也接近零的話，警衛也較於鬆散吧。

沒人料想到X點——po1-z22會開吧……

「老鼠。」

「嗯？」

「你覺得我們有多少時間呢？」

「一分，不，有兩分鐘。」

兩分鐘，能有這麼長嗎？

X點的異常變化應該已經出現在監獄的保全系統上了吧……從管理負責人發現到採取行動之間，能有兩分鐘嗎？

「借狗人處理得很好，上面現在應該引起騷動了。」

「騷動？」

「很快你就會知道，上面正舉辦著愉快的慶典呢。總之，整整兩分鐘就在我們手上。」

「兩分鐘？」

「感覺像永遠那麼漫長啊。」

「沒錯。」

第二階四十五度、轉角的平台上距離地面十五公分水平、第十一階六十度。樓梯就快爬到盡頭了。因為無法一口氣往上衝，因此花了不少時間。只剩下一分〇六秒。

從這一階開始，進入監獄設施的地上部分。

這裡有入口大廳，是人來人往最頻繁的地方。職員們跟囚犯穿越不同的關卡，聚集在這一層樓，然後再前往各自的職場。這一個樓層在大門口對於進入的人會進行徹底的核對，但是一旦進入，檢查機制就會比較鬆散。而樓層越高，檢查機制就越嚴格。

目標是最高層。

設有多重保全系統的監獄最深處，而不是從主塔往外突出延伸的犯人收監設施。監獄的最深處，沙布就在那裡。

紫苑如此確信。

沙布是被認定為菁英的人，被選中的人從幼兒時期就享有最完善的教育環境。投入充裕的金錢、時間、勞力的菁英培養，也是NO.6的基本政策之一。這樣培養出來的菁英被當作單純的犯人收監，怎麼想也覺得不可能。如果是因為跟自己有關聯才被逮捕，那麼母親火藍不可能平安無事。

不是火藍，而是沙布。

那並不是因為跟紫苑有關聯，而是因為沙布本身的條件嗎？菁英、沒有親人，也許身為女性也是條件之一……

「樣本的收集情況——保健衛生局的檔案裡，確實有這一項……」

富良說過。

樣本、樣品、標本。

ＮＯ.６在都市內部抽出標本，先進行樣本收集，而且應該是極機密，在市民沒有察覺下，抽出來當作樣本。那跟都市內部傳出來的怪事騷動，一定有關係。

這一點紫苑也很確信。

若沙布是符合各種條件的樣本，那非常珍貴。對待珍貴的樣本，一定需要相對應的設備吧。

所以，沙布必定在最高層、最深處的那個特別部門。雖然不是百分之百肯定，但是準確率非常高。

打冷顫。

不是對ＮＯ.６，而是對自己本身。

若是自己，會如何對待珍貴的樣本？

紫苑因為自己的冷血思考打起冷顫。將沙布定位在珍貴樣本的想法，讓自己起了雞皮疙瘩。

必須要靜下心來。身於危險之中，最需要的是「心的態度」。

不能亂，不能被迷惑，不能迷失！

這也是老鼠教會自己的。

而冷靜，同時也是壓抑滾滾而來的思緒。將身為人的激動心情壓抑在心底，盡可能地控制。就是這麼一回事。所以，要是缺少了思緒與感情……就變成單純冷酷的人。

我是不是很冷酷？我的心裡是不是有一塊無情的部分，而我把它誤認為是冷靜呢？

咬緊牙根。

不能亂，不能被迷惑，不能迷失，而且也不能迷惘！

現在不是迷惘的時候。

傳來慌張的腳步聲。有兩個人。一個砰砰地相當沉重，另一個則是顯得輕盈些。

「為什麼會這麼臭？真受不了！」

兩名身穿白衣的男子從樓上衝下來，兩個人都用手帕壓住鼻子。一個有點肥胖的四十來歲男子，跟一個過瘦的年輕男子。

紫苑跟老鼠蹲著躲在扶手旁。

男人們就停在紫苑眼前，用力呼氣著。
「頭都暈了，那個臭味是怎麼回事啊？」
中年男子呻吟著說。
「聽說是清掃機器人故障了，不但不會打掃，還到處丟垃圾。」
年輕男子回頭，一邊擦拭著額頭的汗水。中年男子似乎真的很不舒服，臉上毫無血色。
「真是的，根本無法工作，鼻子都抽筋了。」
「就是啊，真受不了，我看是那個吧。」
「哪個？」
「今天不是『神聖節』嗎？這種日子還在工作，所以遭到報應了啦，一定是這樣的。」
「那也沒辦法啊，我們在研究機關工作，哪能照著行事曆休息。而且，你說什麼報應，還真不科學的講法。」
「是沒錯……不過，最近我常常突然會有這種感覺。」

「感覺？什麼感覺？」

「說不定……真會有報應。我們再這麼下去，是不是會有報應？」

「啥？誰能對我們怎麼樣？你呀，該不會是因為太臭了，思考迴路秀逗了吧？……你聽好，這種非科學的事情，即使想到也不能說出口，要不然別說當研究人員了，你還會被蓋上不適合當市民的烙印喔。」

年輕男子聳聳肩，沉默不語。

紫苑轉頭向老鼠使眼色。幾乎在同時，老鼠動了。他扭著中年男人的手腕，將小刀壓在他的脖子上。紫苑也衝出來，扭住年輕男子的手。

「你……幹什麼？」

「別動，也別出聲，你一嚷嚷，我就殺了你。」

老鼠的聲音沙啞、低沉又冰冷。這就是殺手的聲音，加深對方的恐懼，封鎖對方的抵抗。

紫苑再度深刻體會到老鼠真的是一名天才演員。

「你也是。」

他在年輕男人的耳邊輕聲說。雖然無法做到像老鼠那樣成功，但是光有老鼠的聲音跟銀色小刀，效果就已經十足。兩人都完全沒有抵抗，彷彿沒有自我意識的木偶一般呆站著，只有身體微微顫抖。

「往右邊的門，將胸口的名牌放在感應器前。」

老鼠點頭，將被扭著手的男人推到門前。

嵌在門上的感應器啟動，燈閃爍著。

門無聲地開了。

「衣物間？」

「對。」

「原來如此，正是適合讓兩位大叔躲藏的好地方。」

話還沒說完，老鼠已經輕輕轉身，拳頭揍向男人的腹部。紫苑推了年輕男人一把，老鼠的手刀隨即朝著腳步蹬空的男人脖子上砍下，一氣呵成。

兩個男人都無聲地倒在地上。

他們脫下男人身上的白衣，然後將人塞進置物櫃裡。真像強盜，紫苑突然這麼想。然而，他完全沒有罪惡感，也沒有異樣的感覺。為了往上走一步、為了往前跨一腳，只能這麼做。他穿起白衣。

「如何？」

穿上白衣的老鼠邊問邊轉了一圈。

「很好看啊。」

「謝啦，上等的表演服飾，雖然尺寸有點大。所以，這個名牌能成為認證晶片？」

「對，既然門開了，應該就沒錯。」

就算是NO.6，也不會在每個監獄內部的工作人員身上都埋入晶片吧。埋入人體要回收非常困難，應該只有對不需要回收的人這麼做，像是囚犯、會接觸到最高機密的人，以及可以自行到最高層去的人而已吧。

其他職員應該是使用可以取下，或是方便用來辨識的物品當作認證的工具。

紫苑猜測得完全正確。

就用這個走到去得了的地方。

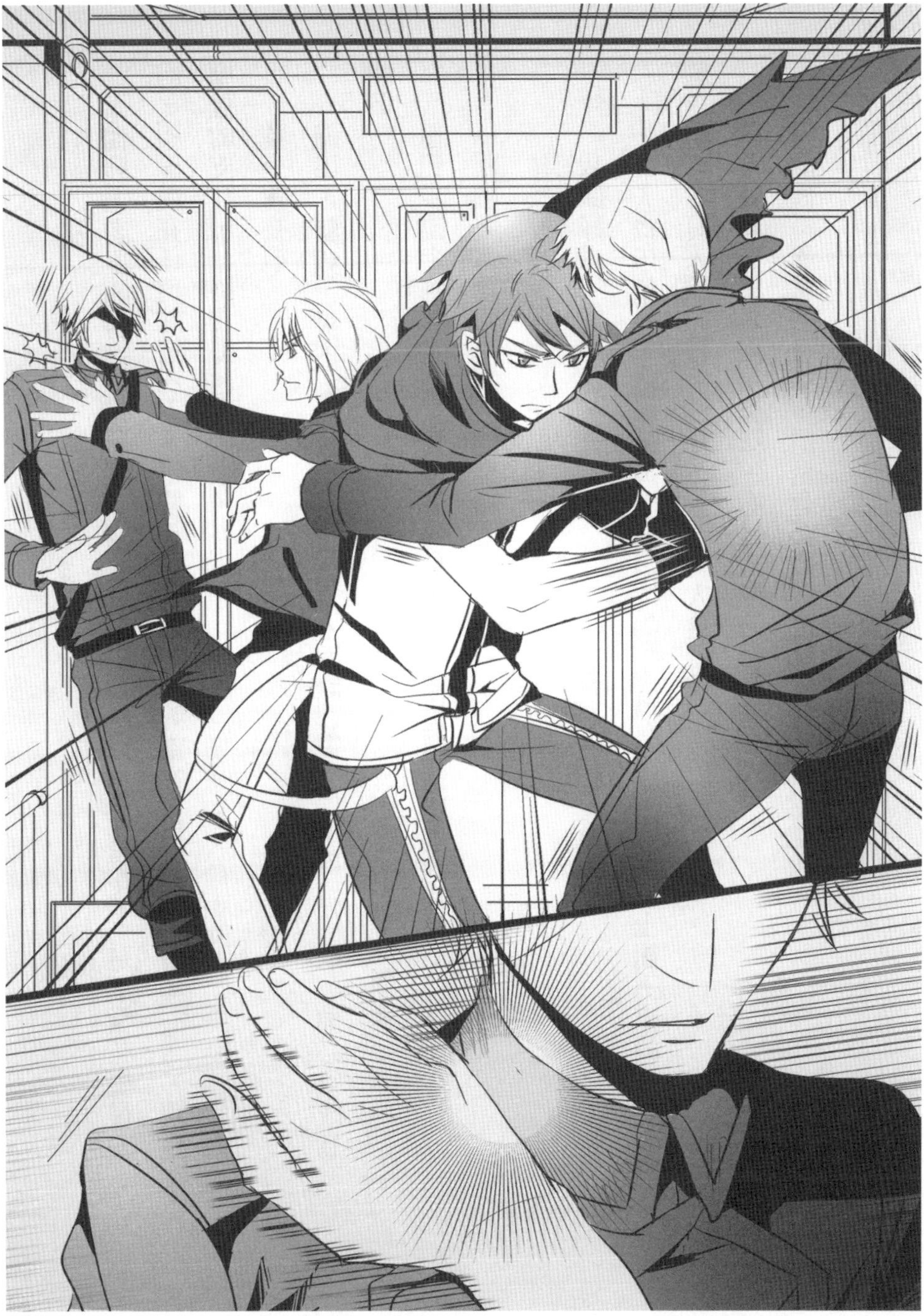

他迎上老鼠的目光。灰色的眼眸裡看不到任何感情與動搖，這讓紫苑覺得安心。不論處在任何的情況下，這雙不會動搖的眼眸都在自己身旁。對他而言，那是堅強的支柱，一路支撐他走過來。

關上置物櫃。

錯了，紫苑，接下來的路，你必須自己去開拓。你不再是船尾，你必須成為船頭。

他們步出走廊。走廊上彌漫著異臭，一種像是廚餘腐爛的味道。

「喂喂，怎麼回事啊，什麼味道？」

「建築物裡彌漫著臭味耶！」

「我頭好暈，好想吐。」

一群人以手帕或手摀住嘴巴，衝出走廊，還有人是從樓梯上衝下來的。有人臉色發青、有人額頭冒著油汗，甚至有人含著淚。

紫苑蹙眉。不是因為臭味，而是人群的騷動。

這的確是異常的臭味，但是有必要這麼驚慌嗎？

西區市場裡飄的可不是這種臭味，那是更濃、更腥的味道。可是，大家都生活在那樣的環境裡，憤怒、辱罵、喝酒，有時笑、有時哭，每天都那樣過日子。

才不過這種程度……

「因為他們沒有免疫力。」

也許是感應到紫苑內心的想法，老鼠這麼說。

沒有免疫力。對，的確如此。

殺菌、消臭、溫度調節，以人工製造出舒適的環境，等於是排除所有令人不愉快的東西。因為排除、消滅了所有垃圾、汙物、細菌、病毒、異臭、惡臭、噪音，NO.6才被喻為桃花源、神聖都市。

NO.6設定有一個基準值的框架，對於超出自己所訂標準的東西絕不寬容。不光是臭味、聲音、細菌，連人都排斥，絕不容情地割捨。被關在這座監獄裡的大部分囚犯都不是真正的罪人，而是超出神聖都市所訂標準的人們。沒有對市府宣誓忠誠、提出異議、不遵從、抱有疑問，因此被歸罪、被收押的，應該大有人在。其餘的應該都是因為貧窮、因為飢餓才犯罪的人，還有就是地底下有西區的居民在呻吟著。
毫無例外地排斥異物。
這就是ＮＯ．６的世界。
而結果之一，就是這個。
一點點臭味就過於敏感的反應，引起騷動。這就證明居民的肉體也跟這個都市一樣，寬容度變得非常低。
怎麼會如此脆弱！
老鼠是否察覺到這分脆弱了呢？輕微的、不足為道的裂縫。可是，微小到容易被忽略的裂縫，也可能是造成崩塌的原因。
這分脆弱、這分耐性的缺乏，也有可能成為ＮＯ．６的致命傷。
老鼠是不是看得這麼遠呢？
不知道。
完全不懂老鼠，明明已經開始挖掘到他的成長過程、他的過去了啊……
還是不清楚，跟初相逢時一樣，完全不懂他。

他就像一座蒼鬱的森林。

不管再怎麼深入，還是無法看清全貌。這裡有花朵盛開，那裡果實纍纍，再過去有湧泉，聽得見潺潺流水聲。這些都是一路走來曾經目睹過的風景，可是卻只是深奧森林的一部分。穿過茂密的樹林，也許會看到陡峭的懸崖，也許有食人野獸棲息，或者也有可能是全然未知的風景，開拓在眼前。無法預料。

就算再怎麼深入，他都不肯展現出自己的全貌。越是深入，越是深邃。

我在一望無垠的森林裡迷了路，徬徨著。

交織著疼痛與甜美的感覺，徬徨著。

白衣的口袋裡有棉製手帕，紫苑拿起它來遮住半張臉。並不是為了防臭，而是為了隱藏自己的臉，這樣摀著可以減低被盤查的可能性。老鼠也用白色手帕摀住嘴巴。

從樓梯往上爬，異臭越來越濃，然而警報裝置卻沒有啟動。

鈴聲響起。紫苑不自覺停下腳步，汗水從太陽穴滑下。

「消毒作業開始！空氣清淨作業開始！啟動指數八點五，約兩分十六秒後，建築物內的空氣將回復到正常範圍。重複。啟動指數八點五，約兩分十六秒後，建築物內的空氣將回復到正常範圍。」

模仿女低音的人工語音廣播著。紫苑身旁一名微胖的男人鬆了一口氣，紫苑也在手帕下吐氣。

「哎哎，太好了。真是的，這簡直是折磨人嘛，這麼臭。」

「這種情況居然要維持兩分鐘，怎麼忍受嘛！」

男人的後面有一個也是微胖的女性扭曲著臉說。她的肌膚細嫩，厚厚的紅唇看起來異常豔麗。紫苑跟老鼠正打算沉默地走過去。

「啊、喂，你們兩個。」

被叫住了，心跳加速。

怦！怦！怦！怦！

悸動得好厲害，汗水狂流。

老鼠依舊用手帕摀著臉，歪著頭問：

「什麼事？」

「你們要去哪裡？」

「我們……要回去工作。」

「三樓嗎？」

「是啊……三樓。」

老鼠輕咳著說。

「上面很臭喔，下面還算好的呢。我勸你們還是暫時避難一下比較好，這樣也無法工作，不是嗎？」

「……不行的，我們的工作是急件……」

「急件？在三樓嗎？」

「是啊……」

「但是，三樓是資料編輯跟管理系統相關的樓層，不是嗎？你們屬於三樓的哪個部門？」

「衛生管理部。」

紫苑回答。他在腦海中回顧內部構造圖。

三樓。從電力系統的配線來看，到三樓應該是普通樓層。四樓以上是特殊樓層，配線也複雜到令人覺得恐怖。跟關囚犯們的牢房建築相連的是四樓，走廊上等間隔設置有阻隔牆，感應器的設置場所也增加了三倍以上。

在監獄設施內工作的職員多半只能到三樓，也只需要到三樓。三樓裡設置有什麼部門呢？紫苑的腦海中浮現鮮明的內部構造圖，衛生管理部應該在三樓最裡面的一角。

「這個臭味的原因還不明……衛生管理部裡目前有點混亂。並沒有異物從外混入的資訊出現，因此也有可能是建築物內部出現異常變化……」

「啊？真的嗎？聽管理系統室說，是因為維修有問題，導致清掃機器人故障，到處丟垃圾，不是嗎？」

「啊、呃，那是……」

紫苑一時語塞，這時旁邊的老鼠以低沉沙啞的聲音回答道：

「如果只是這樣，那也太臭了，我們現在正緊急調查垃圾裡是否參雜了什麼東西。因為以前從沒發生過這種事……所以目前調查進展有點緩慢。」

「這樣啊，原來如此，但是那個部門有你們這麼年輕的職員嗎？」

「也沒那麼年輕……」

男人伸長脖子打量紫苑，說：

「你那個頭髮是怎麼回事？一頭白髮耶。」

再度語塞。紫苑完全忘了頭髮的事情，近乎透明的白髮，應該非常醒目。如果說是天生，一定會被懷疑過去不曾見過這種頭髮的職員吧。

怎麼辦？

「這個……我把它脫色了……」

「哎唷，好酷。」

女人笑了。

「真的很酷耶，閃閃發亮好漂亮。你用什麼藥劑可以脫色成這個樣子？也告訴我嘛。」

「莎拉，別在那邊拋媚眼。」

「什麼，說我拋媚眼！真沒禮貌！你為什麼就只會這麼說話？哎唷，臭死了，不論是這個臭味還是你，都讓我覺得厭煩。」

女人快步下樓。

「嗄？喂，莎拉，妳那是什麼意思？喂，等一下啦，莎拉，等等我啊！」

男人擦拭著額頭的汗水，追著女人走了。

「真是無妄的戀愛騷動啊，那個男人居然大白天就在對女生甜言蜜語，而且還是在工作的地方。」

老鼠聳聳肩。

「託他的福，我們也脫身了。」

要是再追問下去，可能就會露出馬腳了。

紫苑全身冒出冷汗，腋下也覺得冰冷。

「你越來越會說謊了嘛，雖然還差一點。」

「跟你比還差遠了，我會繼續努力。」

「值得嘉許。」

三樓的牆壁跟地板都是白色，看起來雖然很乾淨，但是有一股空蕩蕩的詭譎感。

「管理系統室在哪裡？」

「左手邊，有玻璃的那間房間。老鼠，你的正上方有監視錄影機，你不要看那邊，小心一點，走進去的右上方天花板上也有一台，是全方位式的機種。」

「了解。」

消臭跟清淨裝置的效率看來很好，臭味已經越來越淡，幾乎不再有特別感覺，混亂似乎也漸漸平息。

自動玻璃門往左右兩旁打開，一個有戽斗臉的瘦弱男子提著吸塵器走出來。他似乎有點不舒服，兩眼無神，臉色很差。

「我幹了……我終於還是幹了。」擦身而過時，聽到男人的喃喃自語聲。

「……我下手了……可是，活該……活該……」

「快逃吧。」老鼠對著男人的背影輕聲說。

男人停下腳步，瞄了一眼老鼠，問：

「你有說話嗎？」

「我說快逃，別拖拖拉拉。」

「你……」

「你做得很好，辛苦了。」

那是一種王者慰勞臣下的口吻。男人眨著眼睛，喉結緩緩地上下移動。

「你……是誰？」

「我很感謝你，你要成功逃掉喔。」

老鼠對男人投以瞬間的嬌豔笑容後，便緩緩地踏進系統管理室，一點著急的樣子都沒有，就像認真的員工回到職場的步伐一樣。

警報系統並沒有啟動。

還有時間。

紫苑握緊拳頭，手心布滿汗水。

事情進行得似乎比預期還順利，如果持續這麼下去，也許真有辦法成功。

不，不能大意，絲毫的鬆懈都會成為致命傷。

紫苑也模仿老鼠不著急，以非常自然的步伐與速度緩緩走進室內。

房間裡很寬敞，用透明的強化塑膠牆區隔著。紫苑跟老鼠踏入的空間——最靠近入口處的地方無人。空無一人。後方的區塊也看不到人影，也許全都無法忍受臭味，逃出去了吧。不過，臭味幾乎已經全都被拭去，人群應該很快就會回來。

「這裡是管理空調設備的部門，而且……」

「X點的開關也在這裡，對吧？」

老鼠的視線望向控制盤的右端。一個小小的圓形按鈕，過於鮮豔、看起來很廉價的綠色，在其他的按鈕及觸控式螢幕之中，顯得格格不入。

紫苑站到控制盤前。

「沒錯。也就是說，包括大廳的出入口管理與監視，應該都在這道牆的後方，只有X點的門沒有列入監視，是嗎？」

「不可思議嗎？」

「不會，就如同你所說的，那是一道不會開的門，絕對不會有打開的一天，NO.6完全沒有預料到會有人打開那道門進來，當然自己這邊也不可能打開。也就是說，這個按鈕的存在幾乎是沒有意義，那麼，設置在哪裡都是一樣，因為沒有監視的必要。」

紫苑一邊說，一邊觸碰控制盤中央一個特別大的螢幕。雖然可能會被驗出指紋，但因為保全系統將控制盤上了鎖，觸控板只對肉身的手有反應。

「沒錯，天真的想法，因為傲慢而產生的天真，ＮＯ.６認為這個世界上沒有可以威脅自己的東西，很可笑吧。」

Ｘ點的門是以前老被監禁在地下世界時所建造的——當時那裡還只是大洞。那個地下洞窟本身就是監獄，後來監獄建造成類似現在的模樣，有了更新、更堅固的監禁設備。地下洞窟、老、當時被監禁的人們，就都被遺忘了；或者，被當作不存在的東西給捨棄了。

只有門還留著。

畫面切換，出現監獄內部的空調設備圖。

「老鼠，這裡。」

從四樓到五樓，還有到最高層所設有的樓梯。

階梯平面一百二十毫米，一階高度二百四十毫米。

相當陡，寬度也是一個大人勉強可以上下的數值，說是樓梯，其實更像是梯子。

老鼠探過頭來問：「這是？」

「施工、修繕專用樓梯。這裡幾乎都由電腦控制，但是偶爾也會發生需要人工的情況。應該是預測可能會發生這種事情，所以才會建造這個樓梯，不過幾乎沒有使用過的樣子。」

老鼠輕嘆。

「這種地方有這種東西啊，你原本就知道這裡有樓梯嗎？」

「不知道，我只是推測，當初看到內部構造圖時，對這微妙的空白部分我還覺得很不可思議呢。」

「我倒是一點都沒察覺。」

「在牆壁裡面，外牆跟內壁之間的細微縫隙，只有這個部分比其他地方稍微寬。」

「也就是說，你掌握了我沒注意到的地方？」

「沒錯。」

嘖！咋舌的聲音。

「那裡就是迎接我們的遊樂園嗎？沒有防止入侵裝置吧？」

「不知道，這個螢幕只能看到空調相關的設備，其他的東西……看不到。」

「你說是空白部分吧？也就是說什麼都沒畫嗎？」

「是啊。」

「那門呢？既然有樓梯，就應有通往那裡的門才是啊。」

「這點也看不到，上面完全沒畫類似門的那種東西。」

「那麼，我們根本無計可施。」

無計可施。但是，也只能走一步算一步了。既然無法走中央樓梯，也無法搭電梯，那這就成了通往最高層的唯一途徑。

紫苑費盡心力分析構造圖，記憶內部構造。這就是紫苑得到的結論。

這個晶片無法再往上走了，所以不論使用什麼手段，都要爬上這個樓梯。如果能一口氣衝到最上面……最高層有母體電腦，我要到那裡，無論如何都必須到那裡。

只有這個辦法了。

監獄設施等於是NO.6的雛形，情報、活動、功能、管理，全都集中在母體電腦。這就等於一名統治者，可以自由操控母體電腦的唯一之人，握有所有權力。

這個設施，就是讓王確保能高高在上的完美金字塔。

NO.6企圖建造那樣的社會，真是壯大又愚蠢的野心。

人可以操控機械，可以開發、改良設備，自由使用，然而人是無法統治人的，即使是擁有千年歷史的帝國，經過了千年的時間，還不是一樣滅亡了？人無法統治人，注定失敗。

紫苑在NO.6的外圍學會了這個道理。不過在內部的人、君臨NO.6的人卻學不會，所以才會抱持著幻想。

能統治一切的幻想。

愚蠢。可是就是因為愚蠢，才會讓人有機可乘。只要能接觸到母體電腦，就能得知沙布的所在地，而且即使是一時的，也有辦法能停止監獄設施的機能。如果是全都統一集中在一起的中央集權型系統，那不用說，只要攻破那一點即可。

這也就是NO.6所暴露出來的弱點。

紫苑移動手指，不停切換畫面。

四樓的阻隔牆，一定要突破它才行。
在這牆壁完全阻擋去路之前，一定要想辦法逃離這個空間。
為此……
腦袋越來越冷靜，手指不停動作，一個個處理下去。
「喂，很怪耶。」
緊鄰的隔間有個男人在喊著。已經有幾個職員回來了。
「X點的啟動燈在閃。」
「X點？」
「在po1-z22的位置，有門開關的紀錄。」
身材高瘦的年輕男人不解地說：
「po1……不就是地下樓層嗎？那裡有門嗎？會不會是電腦記載錯誤？該不會是太臭了，連電腦都當機了吧？呵呵……」
「別說那種無聊的笑話。」
被大聲斥責，年輕男人噤口了。

「兩分四十秒之前，就剛才而已，在剛才發生騷動時，X點的門開了。」

「那道門不能開嗎？既然有門就會開，那不是理所當然的嗎？」

「那不是一般的門。不是緊急出口，也不是工作人員出入的門。」

「是嗎？那是出入哪裡用的門呢？」

「不知道，我根本沒聽說過。總之，不可能開的門開了，這……」

隔音設定似乎關掉了，兩人的對話隱隱約約傳來。

「時間到了嗎？」

老鼠解開白衣的鈕釦，紫苑也站起來。

兩分四十秒。比預測的時間長很多，看來還沒被幸運遺棄。

「啊！你們是誰？」

一名肥胖的巨漢堵在他們前面。

「你們在做什麼？你們是誰？」

老鼠拋開白衣，丟到男人頭上。男人雙手晃動，腳步踉蹌。老鼠掃倒那雙腳，男人就這麼發出巨大聲響一倒，傳來含糊不清的呻吟聲。

「失禮了。」

老鼠跨過男人，步出走廊。紫苑也跟著跳過男人的身體。

「這是怎麼回事？」

「快追！有可疑人物，快追！」

「你說什麼？警鈴響了嗎？」

背後開始出現騷動。

「老鼠，從樓梯上去。」

「了解。」

要是感應器感應到入侵者，就會自動啟動防禦鐵捲門。不知道能不能在門完全關起來之前，衝到四樓呢？

樓梯的照明變成紅色，特殊合金的鐵捲門靜靜地降下。

好快。

「紫苑，快趴下衝進去。」

就在只剩下些餘空隙之時，老鼠跟紫苑溜了進去。

2 人類的心

如果體內的人類之心完全消失了，那麼那個人應該會幸福吧。可是，體內的自己卻非常恐懼這件事。啊啊，他是多麼恐懼、悲傷又難過啊！他害怕遺失自己曾經是人類的記憶。

（〈山月記〉　中島敦）

覺醒了。

沙布覺醒了，全都領悟了。

她知道自己身上發生什麼事了。

為什麼這麼對我、為什麼這麼對我……為什麼這麼對我……

「哎啊，沙布，怎麼了呢？心情如此動搖。妳要激動到什麼時候呢？真是傷腦筋的孩子，會浪費了妳難得的美喔。呵呵呵，沒有沒有，我開玩笑的，真不好笑的笑話，妳別在意。妳很美，真的很美，非常成功唷！目前為止都非常成功，今後也不可能失敗啦。呵呵呵……」

男人就在沙布旁邊笑著。

惡魔。

你是惡魔。

為什麼、為什麼把我……

「妳不只是美，妳還很堅強，實在太理想了，妳就是我的理想啊。沙布，我老實跟妳說吧，因為我無法對妳說謊。我呢……一開始只是把妳當成單純的樣本收集而已，打算把妳跟其他樣本放在一起。啊，請原諒我，拜託妳，別責備我，我當時並不知道啊，我不知道妳如此美麗又堅強。沙布，我迷上了妳，要我重複訴說千百萬遍也沒關係，妳正是我的理想，我渴求的東西，所以我要讓妳當女王，不，我要讓妳成為近乎女神的存在。完美的存在喔，高興吧？妳跟我一起統治這個世界，如何？很棒吧！」

惡魔。

你是惡魔。

不要靠近我，不要靠近我！

男人聽不到沙布的聲音。

他如同被附身一般地講個不停。他雙頰脹紅，身子微微前傾，來回地走來走去。如同水槽裡的魚，轉過來轉過去、轉過來轉過去，只能在封閉的空間裡游來游去。轉過來轉過去、轉過來轉過去……

男人沒有發出一點腳步聲地走著，不停說著。也許他並不是說給沙布聽，而是說給自己聽。

「我得到了妳，最棒的素材。噢，我並不是命運論者，我從不相信有超越人類的力量，我對所謂的天生注定的人生，甚至帶著嘲笑的態度。然而……妳可別笑我喔，沙布，自從遇到妳之後……我開始有點、真的有一點相信命運了。也許是真的，說不定真的有神，打算賦予我絕對的力量。如果不是這樣，無法解釋我會這樣與妳相遇，不是嗎？所以我要讓妳成為女神，我有這樣的力量。啊啊，對了，昨天我說妳不需要名字吧？嗯，沒錯，一點都沒錯。妳應該丟棄以前的名字，換上適合女神的新名字。」

男人的腳步跟嘴巴都停不下來。

他不停地走，不停地說。

「譬如……」

男人的腳步突然停下來，臉上的笑容緩緩擴大。

「譬如，愛莉烏莉亞斯。」

愛莉烏莉亞斯？

男人又開始走動，帶著一臉幸福的笑容。

「很好聽的名字吧？這就是女王的名字，對，也許這才是適合妳的名字。」

這個人……

沙布凝視著男人，第一次盯著他看。

細長的一張臉，乍看五官很溫和。年齡……看不太出來，依光線亮度不同，有時候看起來很年輕，有時候看起來很老。他凝視著虛空，不斷訴說著自己的想法，與外界隔絕，陷入自我的世界。

自我陶醉。

這個人迷戀自己，認為自己的能力跟神一樣，以為自己被委託所有，可以為所欲為。所以……所以他才敢做這種事。

「只差一步，只差一步我的計畫就完成了。妳是最後一塊拼圖，託妳的福，所有的拼圖都齊全了。完成了，沒有錯，只差時間，我還需要一點時間。妳現在感覺如何？我希望妳能過得舒適。為此，我可以為妳做任何事，因為妳對目前的我而言，是最重要的東西之一。」

我要……

「什麼？沙布，妳想說什麼？」

我要自由，把我變回原來的我，讓我見那個人。

情緒激昂，內心吹起狂風，發出呼呼的聲音。好想大叫！好想哭！

好想見他。

「咦，怎麼了？數值升得這麼高。還是無法適應現在的環境吧？嗯……我以為會進行得順利一些……啊，不是，我並不是在責備妳。我怎麼會責備妳呢！妳是我的寶貝呀。要不要睡一會兒？這樣比較好吧？嗯？……母體似乎也這麼判斷，它說要開鎮定劑給妳。啊啊，對了，我得先跟妳介紹母體才行，因為妳跟母體是直接接連在一起。為了讓妳有最舒適的環境條件，為了讓目前的環境能成為最適合妳的環境，母體會隨時替妳管理。所以，妳看，它現在也說妳需要休息。」

尖銳的電話鈴聲響起。男人揚起眉梢。

「怎麼了……真是的，這個時候來緊急聯絡，真不識趣……喂喂，是我，怎麼了？今天不是『神聖節』嗎？你應該很忙……什麼？你說什麼？什麼意思……都市內部嗎？都市內部發生那種事……怎麼可能？不可能的……我知道了，把影像傳過來吧。還有樣本，回收的所有樣本……對，現在馬上……什麼？已經有三十具？一天之內嗎？……會有這種事……我知道了，算了，我過去吧……沒錯，馬上，我馬上過去！」

男人的側臉血色全無，嘴唇也失去顏色，顯得蒼白、乾枯，而且嘴唇還不停顫抖。

「搞錯了，一定是搞錯了。那種事情……不可能發生，怎麼可能會發生呢！」

男人如同自言自語地丟下這句話後，就離開了。他狼狽得很可笑，完全看不到剛才的從容。

都市內部發生那種事……

男人說。都市內部，ＮＯ.６究竟出了什麼事？超乎那名男子預測的某件事情……

ＮＯ.６，我生長的地方。可是，那裡總是有緊張的氣氛蠢蠢欲動。如此舒適又如此美麗的地方，為什麼總是岌岌可危……總是彌漫著似乎會發生什麼的氣氛……我是這麼認為……

沙布覺得自己的激動慢慢緩和下來了。

好睏，似乎要被溶解般的睏，是給我注射了安眠藥嗎？跟母體連接？那是什麼意思？母體……啊啊，好睏。

意識開始朦朧，無法思考。這時候，腦海中一定會浮現一個身影。

紫苑。

試著呼喚這個名字。紫苑微笑，輕輕點頭。不是幻想，他就像真的站在眼前一樣，非常鮮明、逼真，不是嗎？

對了，紫苑，那是什麼時候的事情呢？是黃昏時分吧，風是不是有點冷？前一天剛下過初雪，路是濕的，我們並肩走在路上。你還記得嗎？是不是忘了？

我叫了你的名字。

紫苑。

再喚了一次名字，紫苑還是微笑以對。

「怎麼了，沙布？」

「沒事……只是……」

「只是？」

「只是想叫你而已啊。仔細想想，紫苑真是個好名字，是花的名字嘛。」

「不仔細想就不覺得嗎？」

「呵呵。對了，紫苑是怎樣的花呢？」

「我想想……我記得是菊科的多年生草本植物，植株可以高到一．五公尺左右，會開出淡紫色的頭狀花……」

「紫苑，我想知道的並不是花的解說，那些情報我很容易就能找得到。」

「那妳想知道什麼？」

「不容易得知的事情。」

「不容易得知的事情……嗯……好像在猜謎耶。如果不是關於紫苑的情報……我猜不到。妳到底想知道什麼事情啊，沙布？」

關於你的事情啊，紫苑。

我想知道你的事情。誰給你取的名字？你喜歡嗎？我第一次叫你的名字是什麼時候呢？還有，你第一次叫我是在……

紫苑，你的事情我還什麼都不知道。

你的癖好、你喜歡吃的食物、你講話的方式、你的優點與堅強……是啊，這些我都知道，我很清楚。但是，紫苑……

你在追尋誰？你希望站在誰身旁？你那麼焦急為誰？你伸出去的手，前方站著誰？我不行嗎？一定非得是那個人嗎？我什麼都不知道。所以，你告訴我，我希望你告訴我呀，紫苑。

紫苑。

沙布。

聽到聲音。朦朧的意識之中火花四散，深紅色的花朵盛開，如同濃霧散去，眼前出現風景一般，沙布的意識也回到自己身上。是那個聲音將她的意識喚回。

沙布。

誰？誰在叫我？

不是紫苑。不是去世的祖母，也不是父親或母親。是過去不曾聽過的聲音。不，是聲響？旋律？吹過樹梢的聲音、潺潺流水聲、敲打地面的雨聲……全都很像，但不是，是過去不曾聽過的聲音。

這是歌嗎……聽起來就像非常美麗的一首歌。

沙布。

誰？誰在叫我？

是我，沙布。

誰？妳是誰？

我是愛莉烏莉亞斯。

愛莉烏莉亞斯……

「小紫苑，別那樣亂動啦。」

借狗人一邊將小嬰兒放進裝滿熱水的大鍋子，一邊輕聲咋舌。

小嬰兒笑著，發出呵呵的愉悅笑聲，舞動手腳。熱水潑了出來，濺濕借狗人的外套衣角。

「別那麼開心嘛。不過呀，你還真的是圓滾滾耶。」

小嬰兒的手、腳、肚子等，身體全部都胖嘟嘟的，很柔軟。他的指尖，還有連一根根頭髮都充滿著活力。

不可思議的傢伙。跟我看過的嬰兒截然不同，特別到讓我吃驚。

借狗人看過的嬰兒都是死神圍繞在腳邊的嬰兒，性命隨時都可能被奪走卻無計可施。他看過的都是那樣的嬰兒。營養失調、傳染病、冰凍的天氣，跟垃圾場沒兩樣的處身之地。生在西區的嬰兒可以活到五歲的存活率是多少？百分之五十，不，也許不到三十，甚至還有一生下來，為了減少吃飯的人口，馬上被父母殺掉的孩子。為了死而出生，只能這麼看待的嬰兒到處都是。借狗人曾有一段時間承接埋葬嬰兒的工作，不過說是埋葬，也只是挖個洞埋進去而已，跟狗墓沒兩樣。能在父親的哀惜跟母親的悲嘆中被送走的孩子還算幸運，當時他這麼覺得。送行的人只有借狗人的情況也並不罕見，在堆滿土、只放了一顆石頭的墓前，別說雙手合十禱告，甚至沒有一個人願意拿朵花來供奉。最後，連它曾經是個墓的事情都沒人記得。

嬰兒死的時候多半張著眼睛，有時候無法閉上的眼睛深處，有著清澈到令人驚訝的眼眸，看著借狗人。

那也是當然啊，他們連用自己的腳站立都做不到，如何汙穢？所以那絕對是純真無瑕。

將小小的骨骸埋進土裡，借狗人一次也不曾心痛過，甚至連覺得憐憫或是落淚的情況也不曾有過。

早點死掉不是很好嗎？你的運氣好，不用再苦下去了。

他只會這麼對死去的嬰兒說。

喂，小傢伙，你活了幾個月？兩個月？三個月？有半年嗎？活夠了吧，別想要再轉世哦，因為只會有相同的命運罷了。如果你一定要轉世，那就投胎為路邊的野草或是狗兒子吧，這樣會幸福百倍。聽好，再怎麼樣也不能再投胎當人了喔。

他也會這麼說。一邊說，一邊埋葬骨骸。

這是借狗人對死者的餞別。

如果是老鼠，他應該會唱歌吧，唱一首送給一塵不染地逝去的靈魂的歌——雖然不知道到底有沒有那種歌——那傢伙應該會唱吧？但是老鼠啊，死掉的人不需要歌，快死的人或許可能需要。

死者全都會回歸大地，成為泥土，不論是嬰兒、你，或我。

發現自己茫然地想著老鼠的事情，借狗人急忙甩頭，左手中指跟食指交叉。那是除魔的咒語。

對借狗人而言，老鼠幾乎等於惡魔，他的存在比死神之類的還要惡質。死神之類的，只要自己不要疏忽留意，某種程度是可以預防、可以驅趕，也能矇騙。但是，如果是那傢伙呢？毫不在意地將他人逼入絕境、捲入危機，完全不顧慮別人的處境或情況，大膽到能利用的東西，連狗大便都會拿來用。狡猾、無懈可擊、簡簡單單就能將別人玩弄於股掌間。啊啊，討厭，我最討厭他了。老鼠要是沒有唱歌的能力，我是絕對不想跟他有瓜葛，絕對不想。啊……糟糕，又想到他那裡去了。一點也不要去想那種傢伙的事情，不然會中邪的。怎麼明知道還……我的腦袋是怎麼了？

「喂，小紫苑，你也一起念咒吧，祈禱我不要著魔了，要是像你爸爸一樣被迷惑，那就無計可施了。就是像這樣兩隻手指交叉……」

「噗噗……噗噗……」

小紫苑泡在熱水裡發出愉悅的聲音。

不可思議，真是不可思議的嬰兒。

死神完全不敢靠近。

這裡是廢墟飯店的一角，牆壁崩塌，玻璃窗戶破裂，寒風冷颼颼地吹，不過是一個比外面好上幾分而已的地方。連牛奶也是力河想盡辦法弄來的，根本不夠喝，不足的部分只好以狗奶、青菜湯補充。

環境如此惡劣，小紫苑卻總是心情愉快，揮動手腳地笑著，咿啞咿啞地對借狗人說話。他的皮膚顏色富有光澤，胖嘟嘟的，很有活力。不知道是不是錯覺，這兩、三天他好像又長大了。

他的眼眸充滿生氣，肌膚滑嫩，聲音有張力。彷彿有透明的防護罩保護，守護他遠離這個世界的所有危險與毒害。

不可思議的嬰兒。

「喂，借狗人！」

傳來嘶啞的聲音，一個混濁粗厚的聲音。

真是的，那張臉沒得救就算了，至少聲音就不能稍微文雅一點嗎？

「你在做什麼？住手！」

一陣慌亂的腳步聲響起，借狗人手中的小紫苑被一把抱走。鍋子搖晃，熱水濺了一地。

「你幹嘛啊？」

「開什麼玩笑，別這麼做！」

力河緊緊抱住光溜溜的嬰兒，不斷往後退。

「借狗人……不管怎麼樣，你這次做得也太過分了，這不是人會做的事情。」

「嗄？」

「你不覺得可恥嗎？的確，你是比較像狗，不像人，但你並不是沒有理性啊。」

「理性？沒有用的東西。不過，我可能比你多一點。」

皺著一張因為喝酒而紅冬冬的臉，力河又再退了一步。

幹嘛啊，這位大叔？

「你這個狗小子，我沒想到你這麼喪盡天良。借狗人，就算肚子再怎麼餓，吃小孩這種事你怎麼能做？你是惡魔嗎？你已經捨棄人類的心了嗎？」

「啥？你在說什麼？」

「別裝傻！你……你不是打算把小紫苑煮來吃嗎？」

借狗人盯著力河好一陣子，眼睛一眨也不眨。接著笑了出來，由衷地發出笑聲。

「有什麼好笑的，你這傢伙不是人！」

彎著身體笑了好一陣子後，借狗人用手背拭了拭嘴角，說：

「笑得太過火，口水都流下來了。哎唷，大叔，你真沒口福，你再晚個三十分鐘來，我就能煮好嬰兒湯頭做的美味濃湯，可以請你喝個飽。」

「誰、誰要吃那種東西！餓死都不吃！我說你啊……」

「洗澡。」

「啊？」

「我在幫小紫苑洗澡啦。」

「用鍋子洗？」

「是啊，這是煮狗飼料的鍋子，大小正好用來當作嬰兒澡盆。當然，如果你能送一個上等的嬰兒澡盆來，我會很高興地拿來用。」

「呃……那就有點……」

借狗人誇張地聳聳肩，說：

「不過，你居然這麼擔心小紫苑的事，我可真驚訝，我還以為你只對錢、酒、女人展現溫情，哎呀呀……真令人意外啊。」

「那是當然啊，我跟你們可不一樣，我可是還保有一顆正常人類的心，別把我跟你們混為一談。」

「你說的『你們』，也包括我嗎？」

「你跟伊夫啊，這還用說嗎？」

借狗人再度聳肩。

「好吧，既然你都這麼說了，這孩子你就帶走吧。」

「嗄？」

「你就直接把懷裡那名嬰兒抱回家吧！在慈祥大叔的照料下，他一定能成為一名堂堂正正的男人，就像你最愛的那個少根筋的紫苑一樣。」

力河連忙搖頭說：

「不行，我沒辦法，我不能帶他回去。借狗人，我錯了，你不是惡魔，把你跟伊夫那隻惡劣的狐狸相提並論是我錯了。我道歉，我道歉，我一定是哪根筋錯亂了。哈哈哈……原來如此，洗澡呀，嬰兒最愛洗澡了。太好了，小紫苑，你被這麼好心的人撿回家，你真是幸運啊。」

力河摩擦小紫苑的臉頰，小紫苑立刻哇哇大哭。他嘴巴大張，四肢僵硬。在桌底下睡覺的老狗抬起頭，狐疑地瞇起眼睛盯著看。

「啊！喂，別哭這麼大聲呀，你別亂動，會掉下去啦……」

嬰兒還是哭個不停。他邊哭邊對著借狗人伸出雙手，借狗人反射性地抱了過來，雙手牢牢擁著小小的身軀。這時哭聲停了。

「真是的，身體都變冷了，要是感冒了就都是你害的。醫藥費一定要你出！小紫苑，很冷吧，我再把你放進熱水，讓你暖和暖和。」

胖嘟嘟的手伸了出來，手指摸了摸借狗人的臉頰。

「媽媽。」

滑嫩的臉頰上還留著淚水的痕跡。

「媽媽。」

借狗人覺得胸口一陣緊縮，身體的最深處有股什麼在盤旋著。既溫熱又洶湧地盤旋著的感情，讓他一時忘了呼吸。

「媽媽。」

啊啊，我知道，小紫苑，我只是開玩笑，開了一個無聊又無趣的玩笑，別放在心上。你別怕，我就在這裡，我不會把你交給這個酒鬼……不，我不會把你交給任何人。我發誓，真心發誓。

力河探頭望著借狗人的懷裡，滿口酒臭味地說：

「媽媽耶。」

「什麼？大叔，你想找你媽？」

「我老媽早就埋在墓碑下了。她在我十歲時鑽進去後，就沒再爬出來過了。」

「那很不錯啊，她應該住得很舒服吧。不過，我想你母親一定不想看到兒子如此墮落的模樣，所以才故意不出來的。」

「你說誰墮落了……我們現在在說小紫苑。」

「小紫苑怎麼了？」

「他叫你媽媽。」

「是嗎？」

「為什麼是媽媽？」

「不知道。」

「媽媽。」

「看，又叫了。」

借狗人將小紫苑放進熱水裡溫暖他。也許是很舒服吧，小紫苑微笑了起來。

美麗的、清澈的、讓人雀躍的東西，全都能因此而照耀出的笑容。

嬰兒是如此珍貴的嗎？

「為什麼是媽媽，借狗人？」

「嬰兒什麼都叫媽媽啦，雖然很難以置信，不過幾十年前你也是媽媽、媽媽地哭著。不知道是不是從那時候起，你看到金幣就不哭了呢？」

「你可沒資格這麼說我，對錢的執著，我們可是不相上下、半斤八兩吧？」

「嘖！囉嗦啦。」

是如此珍貴的嗎？我以前從不知道。

毫無感慨地埋葬在讓自己寒冷，或是被太陽曬到乾裂、有時候因為連日大雨而潮濕的大地裡的那些嬰兒。借狗人第一次想起他們。

不單是小紫苑，這個孩子、那個孩子，還有那個孩子，也都是珍貴的存在嗎？如果是……就那樣死去實在太奇怪了……不合理。瘦弱、皮膚布滿皺紋，彷彿老婆婆一般的死去模樣；帶著無瑕的眼神，不是不怨恨任何人，而是連什麼是怨恨都還不知道就斷氣，這實在太不合理了。被我埋在金銀花下的那個孩子、在紅土上挖了一個墓穴掩埋的那個孩子、替他包裹一塊破布的那個孩子、那個孩子、那個孩子、還有那個孩子，都應該被更珍惜才對，不應該被迫那麼死去。

小紫苑，你不能死，你要活下來，你要活著長大，你要學會怨恨他人，也學會尊重他人。

「媽媽。」

借狗人將小嬰兒抱起來，動作迅速地幫他穿上衣服。彷彿正等待輪班似的，一隻黑毛母狗躺在一條棉絮已經露出來的睡墊上待命。那是借狗人從市場的瓦礫堆裡挖出來的，雖然顏色已經褪去，到處都是破洞，跟條破布沒兩樣，然而仔細一看，上面有很可愛的雛雞圖案，也許是一個跟小紫苑一樣的小嬰兒的睡墊，也許「真人狩獵」當天，那個嬰兒正睡在上頭作著美夢。

「交給你了。」

一被放在狗旁邊，小紫苑立刻吸上乳房，發出咕嚕咕嚕的聲音吸奶。

「這奶媽的毛還真粗呀。」

「你要找粗毛女的話，這裡很多，黑毛、紅毛、白毛、斑點的，要不要找個喜歡的睡一晚啊？」

力河無視借狗人的揶揄，嘆了口氣說：

「沒想到人可以喝狗奶長大……生命力真強。不過，不會有問題吧？他以後不會只會汪汪叫吧？」

「他剛才不是叫媽媽了嗎？」

力河低頭看著小紫苑，再度嘆了一口氣。

「大叔。」

「幹嘛？」

「都準備好了嗎？」

力河緩緩轉向借狗人，說：

「嗯。」

他以緩慢的動作舉起手，指向桌上的黑色提袋。

「是嗎？那麼，出發吧。」

借狗人提起提袋。相當沉重。力河蹙眉，不怎麼情願地說：

「借狗人……要不要停手？」

「停手？」

「停止做這種事吧。」

「停止之後呢？」

「就這樣窩在我們各自的巢穴中，安分守己啊。這樣比較穩當……你不覺得嗎？」

「我覺得。」

我也這麼覺得啊，大叔，我比你還想這麼做一百倍，我也想停止做這種事，窩回我的巢穴中。

今晚也會很冷，但是還不到凍的地步。只要跟狗在一起，這種冷也沒什麼。剛才我還吃了潮濕的餅乾跟青菜渣湯，好好吃……我現在還算滿足，如果能就這麼跟狗一起躺下來好好睡一覺……

那就太完美了。

「吶，就這麼辦吧。你有小紫苑，你要養育那個孩子，要是你有個三長兩短，小紫苑怎麼辦？你想一想。」

「有狗在，就算我沒回來，狗也會替我養大他，就像我媽媽養大我一樣。」

「可是……借狗人，我老實跟你說，我也很怕死，不想做危險的事情。所以……收手吧，就這麼算了吧。」

「老鼠跟紫苑怎麼辦？不理他們了嗎？」

「那兩個人早就死了，不可能還活著，在『真人狩獵』被抓的那個時候就已經沒命了。這種事情你應該也很清楚呀，所以我們現在做的事情都是徒然的，我們用性命在做徒然的事情。吶，收手吧，這樣才明智。」

「大叔。」

借狗人的目光讓力河低頭。

「……幹嘛？」

「嘮叨就到此為止吧，時間到了，出發吧。」

「借狗人！」

「我要去，你想停手就停手吧，我無所謂，只是這個提袋我要帶走。」

「借狗人，為什麼？你為什麼要對那兩個人仁至義盡？一直以來你不是都一個人獨來獨往嗎？我也是。先不說紫苑，為了像伊夫那種傢伙做這種事……」

「因為是夥伴。」

「什麼？」

「他們是夥伴，我不能棄他們不顧。」

力河轉動黑眼珠，嘴角扭曲，彷彿嘴裡被塞進超苦的草藥一樣。他不停地抓著長了濕疹的下顎前端。

「一點都不好笑，品味太差了，光聽我就想吐了。」

「那是你喝太多，胃壞掉了吧，雖然已經來不及了，不過我勸你為了身體好，還是把酒戒了吧。呵呵，我講得還不錯吧？滿酷的吧我……」

「白癡。你還真能一臉認真地說出那種無心又令人臉紅的台詞，我看你也能成為跟伊夫一樣的演員了。開什麼玩笑，那樣的狐狸一隻就夠多了。」

借狗人露出牙齒，故意笑得很下流。力河的嘴角扭曲得更嚴重了。

「你的夥伴只有狗吧，明明一丁點也不相信人類，還說一大堆那種無聊的謊言，你會爛舌頭。」
「我可不想要舌頭爛掉，不然我們都說真話吧。先從你開始。」
「我？……我不是說了，我想收手……從一開始我就再三重複，不是嗎？」
「那是你的真心話？」
「我是誠實的人，不說謊話。」
「一點都不好笑，別說舌頭了，我看你連最重要的那個地方都會爛掉。大叔，你買這個提袋裡的東西花了多少錢？當然，我知道你從老鼠那裡收了一大筆的錢，但是那些就夠了嗎……我想應該不夠吧。如果就這麼收手縮回去，不足的部分你可是全都得損失。你能忍受這種事情嗎？不可能吧，你可不是那種清心寡欲的人，可以吃了虧就鼻子摸摸作罷……不可能，連如此純潔無瑕的我，也無法相信。」
借狗人吹了吹口哨。趴在牆邊的幾隻狗立刻站了起來。他再一次簡短地吹出比剛才低沉的聲音。
狗群立刻圍住力河，不發任何聲音地以力河為中心點繞圈子。

「別以為牠們只是比較大一點的普通狗哦，牠們一出生就被我訓練為看門狗。我可是非常用心在訓練牠們，可別小看牠們了喲。嗯……就像是……對了，專門攻擊的特種菁英部隊吧。別說是人，連老虎的喉嚨都能咬住。我一直很可惜這一帶沒有老虎，不過人倒是處處都有。」

力河摸著自己的喉嚨往後退，布滿血絲的眼睛裡明顯看得出恐懼。

「借狗人……別開這種無聊的玩笑。」

他應該明白這不是玩笑，他的聲音越來越激動，眼中的恐懼之色也越來越濃厚。

借狗人壓抑自己的感情，用平淡的口吻繼續說著。比起粗暴的威嚇聲調，無法讀取感情的冷淡口氣更令人恐懼。這是從老鼠身上學到的。

「勉強可以抵擋這些傢伙攻擊的人，只有老鼠，不過他的肩膀還是被咬了一口，相當深的一口喲。雖然他幾乎沒有出聲，不過我想應該非常痛才是。」

「……咬了伊夫嗎……？那可真厲害。」

「呵呵呵，如果你的動作能比老鼠敏捷，你就能逃得過，要不然……」

「我的動作怎麼可能像老鼠那樣迅速，這可不是我在自豪，我最近連爬樓梯都會喘不過氣來呢。」

力河深深地嘆了口氣，放開喉嚨上的手。

「好啦，借狗人，我輸了，這裡是你的王國，我根本無法與你為敵，而且我還自亂陣腳了，更不可能與你匹敵。」

「想說真話了？」

力河瞄了眼借狗人的臉色，說：

「你呀……越來越像伊夫了。你別中毒太深，不會有好事的，雖然也許已經來不及了。」

「自從認識你之後，第一次聽到有意義的建議，謝謝了。不過，你不用替我擔心，這件事解決後，我就會跟他劃清界線，不再見了。」

真心話，真的這麼想。

自己很不會跟老鼠相處，摸不透他這個人，也弄不清他的來歷。雖然如此，他卻有著莫名的吸引力，不知不覺就被他俘虜。這點被力河說中了，自己不知道在何時中了他的毒。

危險、危險，要跟他劃清界線。

「不再見了……你要離開這裡嗎？」

「開玩笑，這裡可是我的王國，我怎麼可能離開，連NO.6的軍隊開進來時，我都沒有讓渡的打算。離開的人不是我，是老鼠啦。」

「伊夫？」

「對，那個虛假戲子。」

借狗人舔舔嘴唇，有種乾掉紙張的觸感。給小紫苑吸奶的母狗輕輕地打了個呵欠。

「那傢伙是個浪人，不知道什麼時候出現在這裡，就這麼住下來。既然如此，那麼他一定會再去流浪，因為他就像是一朵飄浮不定的雲，只要下一場雨，就會消失在山的那一頭。」

「原來如此，你是這麼想的呀。」

「我是這麼希望。」

我一輩子都會在這塊土地上活下去，然而那傢伙會離開吧。

只是第六感，沒有任何根據，也不是從老鼠那邊聽到什麼，這只是借狗人的感覺而已。可是，應該是這樣，應該沒猜錯。

如同隨風飄逝的雲一樣，如同散落在水面上的花瓣一樣，他會從我們面前消失。

這一天不是很令人期待嗎？

「別說老鼠了，也別說我，問題是你自己。說！為什麼要把我調離這件事？還拿那種不入流的演技來要我收手。」

聽了借狗人的話，力河抿嘴，小紫苑也常這樣做。胖嘟嘟的小嬰兒做出來是很可愛，然而酒精中毒的中年男做出來就很不像樣。借狗人別開眼。

「你誤會了，是我自己怕死，突然覺得害怕。我喝了酒之後再三考慮，頓時覺得自己要做的事情很恐怖，怕到不行。我不想死，腦袋裡只有這個想法，實在無法控制自己……這陣子不知道是不是喝酒的關係，一深思，腦袋就無法運轉，感覺越想越絕望呀。借狗人，也許我再活也活不久了……」

力河垂頭喪氣，眼神彷彿淋得全濕的小狗一樣哀傷。借狗人曾覺得全身淋濕的小狗很可憐，也曾多次將小狗帶回來。但是人類就不必了，尤其是心裡有所盤算的人類，更是別來招惹他……

借狗人彈指。

站在力河面前一頭特別龐大的黑狗屈身，採取攻擊的姿勢。牠露出獠牙，發出威嚇的低吼聲，視線穩穩鎖定著力河的喉嚨。

「呀！……喂，住手。」

「我沒時間看你演這齣肥皂劇，夠了，我覺得厭煩了。你好好回答我的問題，要是喉嚨被撕裂了，到時候你想講也講不出來。」

「我、我現在不是在說了嗎……？」

「大叔，之前……就是『真人狩獵』的隔天，我說要退出，是你強硬留下我的吧？今天你卻跟我說，要我們都別再牽涉下去了，怎麼立場一百八十度轉變？」

「我這個人天生沒有節操。」

黑狗張開大嘴，露出尖銳的牙齒，口水還滴到地上，彷彿可以聽到滴答滴答的聲音。

力河咋舌。

「嘖！被一個狗小子威脅，我看我真的老了。好啦，我說就是，我說就是了啦。可惡，死小子。」

力河從外套的口袋裡拿出小瓶威士忌，一口氣喝光，然後毫不客氣地打嗝。

「請原諒我的失禮，國王陛下。好了……借狗人，NO.6內部的異常變化似乎是真的，而且最近事情一口氣全爆發了出來。我沒想到會有這麼突然的發展，完全沒預料到。」

「一口氣？」

「牆壁內側的市民似乎死了不少。」

「神聖都市的居民嗎？」

「沒錯。今天是『神聖節』還是什麼慶典的，總之就是那個都市的紀念日。聽說到處都有前去祝賀的民眾倒地，而且全都沒救，倒下的人全死了。」

「那是……意外嗎？毒氣瓦斯外洩之類的……」

「如果是那樣，應該是集中在同一個地方出現大量死人，可是好像市內到處都出現相同的騷動。」

「那麼……是恐怖攻擊嗎？」

「恐怖攻擊？NO.6內部有恐怖組織？那裡可是一個徹底管理的都市國家，連一隻蟑螂都要驅除的都市，不可能有那種團體存在吧？」

「那原因是什麼啊？」

「不知道。我只是經由第三者獲得來自NO.6的情報而已，據情報顯示，正在進行典禮的時候發生突發性意外，有市民罹難，典禮也因此緊急取消。」

「那為什麼會變成死了不少人？該不會是你的幻想吧？」

力河的嘴角翹起，臉上出現得意的笑容。

「我跟那個都市往來很久了，也握有幾個情報網，嗯……不是全部都能信賴就是了。那個都市的新聞機關說有幾名死者的話，那至少死了幾十人。無法明白說出原因，也就是還無法解釋。那裡是NO.6耶，發生集科學之最的那個都市也無法解釋的事情，是怎麼回事呢？」

怎麼回事？

借狗人稍加思考，然而答案當然還是霧裡看花，一點頭緒也沒有。

「你知道答案嗎？」

「我？我怎麼可能知道。我如果有那個能力，就不會在這種地方被狗威脅了。只是……我說借狗人啊，那個偉大的神聖都市無法應對自己內部發生的異常變化，像個無頭蒼蠅一樣，你不覺得有點毛骨悚然嗎？」

「是啊……」

力河笑得更愉快了，真的很開心的笑臉，一種拿到豬肋骨的狗常會露出的表情。

「這是第一次吧，借狗人？NO.6混亂到這種地步……不曾有過這種情形。也許真如伊夫所說的，也不一定喔……NO.6的末日到了，一定會從內側開始瓦解。」

「是啊……」

「我一次也沒認真看待過那個詐騙高手的虛假戲子說的話，你也是吧？」

「是啊……沒認真過。」

「然而，也許這一次不是騙人的，也許真如伊夫所預言的，那個都市真的會瓦解、消失喔。以前就有預兆了，到了最近那個預兆更加強烈，那麼……下次會出現大地震……」

力河把手指的關節弄得吱嘎作響，彷彿要捏碎什麼似的緊握雙拳。

「毀了。」

「哦哦……我總算明白了，你相信老鼠了，你相信神聖都市會崩毀，監獄也會瓦解。你相信那不是說夢話，而是會成真。也就是說，掠奪保管在監獄下方的金塊，那些財寶的機會也開始越來越真實，可能性一下子攀高了。」

借狗人手指著天花板，而力河則是撇開頭不看他。

「這麼一來，你捨不得了，你捨不得跟我平分了，越想越覺得可惜。你為了獨占金塊……才演出那齣肥皂劇嗎？真是的，沒救的傢伙。我看你不是被酒，而是被欲望搞混了頭，腦袋裡裝滿爛泥巴了吧。」

「你有資格這麼說我嗎？你還不是對金塊的事情很有興趣，垂涎得很。」

「是啊，我是很有興趣，有興趣到現在都快流口水了。只不過我到剛才為止，還只是半信半疑，監獄設施的地底下真的有金塊嗎？我其實相當懷疑。可是，你甚至演出三流的肥皂劇，企圖獨占……呵呵，我現在覺得也許可信度很高。情報來自那個叫絲露的女人吧？」

「沒錯，她跟ＮＯ˙６的官員很熟。妓女在床上聽到的事情，可信度很高。」

「原來如此，ＮＯ˙６崩毀的同時，我們就會變成大富翁，是嗎？讚哦！好到頭頂都要開花了。」

「如果順利的話……」

「幹嘛啊，突然變得這麼陰沉，你別再演戲了。」

「不是。」

力河走向窗邊，狗兒們乖乖地讓道。

「借狗人……」

「幹嘛啦，好了，再不出發就來不及了。」

「真的會崩毀嗎？」

力河茫然地問：

「那個ＮＯ˙６真的會從這裡消失嗎？」

「不知道。」

借狗人也只能這麼回應。

力河望著窗外，不停地喃喃說著，沒聽到借狗人的回答嗎？

「但是……要真是那樣……下一次會出現什麼呢？」

「嗄？」

「NO.6消失後的世界……那個都市不見了之後，會如何呢？究竟會出現什麼……」

突然肩膀被推了一下的感覺。借狗人吸了一口氣，那道氣息彷彿變身為細微的玻璃碎片，讓他的心刺痛著。

NO.6消失後的世界……那之後……

他從來沒想過。也無法想像。

會出現什麼？

借狗人緊握提袋的手把。

「我什麼也不知道，但是有一點是確定的。」

力河回頭，眨眨眼睛望著借狗人。

「錢就是錢，管他NO.6是會消失還是存在千萬年。不管會出現什麼，金塊是大財寶這件事應該是不變的事實。」

「原來如此。」

力河搖搖頭，展露笑容。

「你真強，呵呵，也許你是比伊夫更厲害的狠角色，狗比狐狸還更需要注意。」

力河的口吻裡抹去了不確定，恢復了借狗人看慣的那張酒鬼臉。貪婪、謹慎、沉溺於金錢、酒與女人的男人的那張臉，就如同在現實中殘存下來的人的臉。

感覺鬆了一口氣。

「出發吧，大叔。」

「好。」

力河這次乖乖地回答，邁開腳步。一聽到借狗人彈指，幾隻狗越過力河衝出屋外。

「你要帶那些傢伙去？」

「是啊，牠們比這個提袋裡的東西有用多了。」

小紫苑開始鬧了起來。母狗回頭，仔細地舔著他的身體。溫暖又柔和的愛撫，借狗人也還記得那樣的感覺。小嬰兒應該會立刻進入夢鄉吧。

拜拜，小紫苑，你在這裡等著吧，跟狗一起乖乖待在家裡看家。

我會回來。

我一定會回到你身邊來。

你等著。

「媽媽、媽媽、媽媽。」

在借狗人要走出房門前，聽到小紫苑的聲音。他閉上眼睛，緩緩關上門。

3 名為理性的武器

被侮辱狠狠中傷骨肉，雖然憤慨，卻能拿著名為理性的武器，與狂怒的復仇心對峙，經過激烈的糾葛，最後壓抑心中的不平。很明顯地，這個人做了非常偉大的事情，不是嗎？

（《蒙田隨筆集》　蒙田）

鐵捲門關上了。

紫苑彈跳起來，環顧四周。

周遭是綿延無盡的青綠色牆壁與走廊。滑順的建材、擦拭到沒有一點灰塵的地板，就像是乾淨的醫院一樣。

只是，沒有窗戶，也看不到門。

感覺就像被關在堅固的箱子裡，不，這根本就是箱子，一個封閉的箱子。要前往前方的牢房建築之間，設有三道阻隔牆，如果阻隔牆降下，箱子便會被再分割，增加封閉度。

這裡是防止囚犯逃亡，或者為了當場行刑的空間。

阻隔牆並不是單純的牆壁，它具有釋放高壓電流的機能。這個如同藍綠玉一樣美麗的顏色，卻是死刑場的顏色。

警鈴聲響起。

阻隔牆開始落下。

「老鼠，快跑，衝過去。」

老鼠的腳朝地板一蹬。

穿過第一道牆。

第二道牆正好下降到一半，第三道牆已經下降到三分之二了！

「為什麼這樣？」

當第三道牆封閉起來時，紫苑跟老鼠早已衝到走廊最裡面。

「為什麼，紫苑？」

老鼠問。

「為什麼阻隔牆的速度這麼慢？這種速度要衝過來，未免太簡單了吧？」

「對你而言……也許很簡單……但是……」

好喘。一口氣衝過走廊，心臟正在哀號著，無法順利呼吸。這哪能說是簡單，根本是極限了，只要落下的速度再快一秒，紫苑就會被夾在阻隔牆與地板之間，脊椎骨會被折成兩半。

「這種速度根本不會喘吧，為什麼會這樣？」

「託剛才的……異常狀態……的福。」

「什麼意思？」

「三樓的電腦將記憶的異常信號……傳送到……四樓的管理系統迴路，連帶也一起解除信號。那之後馬上又感應到我們的感應器……同樣也告知了異常情況。啟動、解除、再啟動……」

「原來如此，所以才會有些許的時間延遲。不過這麼短的時間內，還真能做到這種地步，三樓跟四樓的迴路不同吧？」

「……嗯，總算是過關了。」

沒料到會這麼順利。原本只是賭賭看，沒想到這麼單純的攪亂戰術，能夠妨礙到最前衛的防禦系統，紫苑本身也很吃驚。

就像有神助一樣。

神助？

有人暗助我們嗎？

無稽之談，怎麼可能會有這種事。但是……

紫苑。

聽到有人呼喊自己的名字。只是一瞬間。這個聲音是……

沙布？

怎麼可能，聽錯了吧？

老鼠瞇眼，眼底凝聚著尖銳的目光。

「我們要找的門呢？」

「就在前方牆壁最右邊。」

老鼠輕輕撫摸牆壁。

「找到了，就是這裡吧。」

青綠色的牆壁幾乎沒什麼差別，不過的確有些微的間隔。

「沒有把手也沒有感應器耶，要怎麼打開？」

是啊，沒有把手也沒有感應器，而且自從電腦的自動維修系統完成後，這道門幾乎沒有使用的必要，也喪失了意義。

「也許有舊式鎖。」

「那還真不經心啊。」

不是持有正式ＩＤ晶片的人，不可能來到這裡。就算有人真闖到這裡來，也不會注意到這道門。這就是ＮＯ.６的判斷，同時也是他們的大意。

「也就是說，或許不用費什麼工夫就能打開這道門囉。嗯……你說得沒錯，這裡有鑰匙孔。嗯……看來要弄壞這道鎖很簡單。」

「你可以嗎，老鼠？」

「應該吧，怎麼能就你一個人耍酷呢？不過，在這之前，看來我得先處理那些人。」

「嗄？」

正當紫苑想回頭時，肩膀被用力一推，他差點站不穩。

咻！

紫苑的眼前閃過一道光。

子彈射中牆壁，留下小小的燒焦痕跡。

「哎呀，人家好不容易擦拭得這麼閃亮，你們卻給人家留下這麼一個瑕疵，這可不是寫悔過書就能了事的喲。」老鼠聳聳肩說。

有三個男人拿著槍站在那裡。身穿土黃色戰鬥服與軍靴，一身士兵的打扮。

兩支槍口對準老鼠，一支對準紫苑。

「不准動，手舉高！」

站在前面的男人往前跨一步，舉起槍瞄準。

「什麼?喂,等一等,你們要就地槍決我們嗎?這也太心急了吧!能不能幫我叫我的委任律師過來?」

男人沉默地扣住扳機。

「你真的不考慮?我們可是重要的樣本喲。」

男人的動作停了,對「樣本」這個單字有反應。

「你是說……樣本?」

「沒錯,你們不是在收集樣本嗎?為了偉大市長的研究計畫。」

男人們同時有點動搖。他們互看對方,就是這麼一瞬間,產生了些許的可乘之機。

月夜從老鼠的胸口跳出去,從槍桿上跑了過去,一跳,抓上男人的鼻子。

「哇啊!」

男人仰身閃避。這一瞬間老鼠的小刀割傷男人的手腕,鮮血四散,在走廊上形成紅色的圖案。老鼠從倒下的男人身上一把搶過槍來,比站在後面的男人們快一步開槍。

有一個人被打中肩膀，另一個人被貫穿手掌，發出哀號聲。彷彿要跳舞一樣，老鼠單腳一蹬，拿著雷射槍朝牆壁掃射，然後一腳踹上那道牆。這個時候月夜也回到老鼠的肩膀上。

「開了。」

出現一個大男人彎腰勉強可以通過的空間，裡面一片漆黑。

「嗚嗚……好痛。」

「誰、誰來救救我。」

「救命啊……救我。」

男人們呻吟，同時也聽到慌忙的腳步聲傳來，是士兵們手持著槍趕過來了。

門的內側有一個彎曲的把手。用力一拉，門發出聲音關上了。

四周一片黑暗。

紫苑料想得沒錯，有如同陡峭的梯子一樣的樓梯。紫苑脫下外衣，將兩端綁在把手跟扶手上。雖然應該沒什麼用，不過多少也能賺取一點時間吧。

老鼠將槍扛在肩上，動作輕盈地往上跑。紫苑也跟在他後面。樓梯陡峭，筆直延伸在黑暗的空間裡。

呼吸急促，汗水滲入眼睛裡，腳步也快打結了。紫苑非常拚命，因為一瞬間的遲疑，都有可能成為致命傷，而且不僅是自己的性命，還會危害到老鼠的性命。他要避免因為自己的關係，而讓老鼠陷入危機。雖然自己一直都是他的負擔，但是至少這點一定要避免。

老鼠似乎說了什麼。

「什麼？我聽不到。」

「沒有……我只是覺得你這次怎麼沒慌掉……」

「慌？」

「那些士兵啊。他們流了那麼多血，如果是以前的你，一定會說一大堆什麼別傷人之類的話。」

「喔……」

原來是說這個啊。

耳朵裡盤旋著哀號聲，不過不是士兵的聲音，而是在這個監獄設施底下被不合理地剝奪生命的人們的聲音。

好痛苦，好難受，救救我。

神呀、神呀，為什麼我要承受這樣的痛苦……

求求祢，求求祢救救這孩子，他還沒三歲呢。

殺了我，快點，讓我從這種痛苦中解放吧……

救我、救我、救我、救我，誰來救救我。

跟那樣的殘暴、那樣的無情相比，濺在青綠色地板上的血花能算什麼呢！趕來的士兵們會拯救他們的同伴。

然而，地底下那些人……

他們會成為「真人狩獵」的犧牲品，被殺害的人們甚至沒辦法緩和自己在臨終前的苦痛。

人們的呻吟、喘息、哀號，還有尖叫聲。

一直在紫苑的耳朵深處盤旋著。

「那也沒辦法啊。」

紫苑在黑暗中對著老鼠的背影說：

「打擊敵人也是沒辦法的事啊，如果你不撂倒那些人，我們就會被殺。」

老鼠停下來了。

紫苑看見灰色的眼眸。

內心騷動。

在這麼漆黑的空間裡，你的眼眸仍舊如此明豔、耀眼嗎？

「沒辦法……你真的這麼想嗎？」

「真的。」

「……是嗎？」

老鼠再度往上跑。動作好快，紫苑只能勉強跟著。

「紫苑。」

「嗯？」

「剛才因為有餘力，所以我手下留情了，但是今後大概就沒辦法了吧。就像你說的，如果不撂倒敵人……被殺的就是我們。」

「嗯。」

「到了那個時候……」

聽不到。紫苑在黑暗中瞪大眼睛。

「老鼠，我聽不到，你說大聲點。」

「沒事……沒什麼。」

黑暗中，老鼠偷偷吁了口氣。

嘆氣了。

但又立刻閉上嘴巴。

不要真心嘆氣。

從燒毀森林、村莊、家園的那把火中，將自己救出來，還養育自己到五歲的老婆婆這麼說過。

若要嘆氣，寧可咬破嘴唇，在疼痛中抬頭。絕對不能低頭，要看著前方。還有……

絕對不能相信任何人，絕對不能對任何人敞開胸懷。記住，如果你想活下去，就必須牢記我的話。

老婆婆不斷告誡自己。

我並沒有忘，她說的話一字一句都牢牢刻印在心底深處，如同護身符，如同鎮住自己的咒語。

嘆息會成為缺口，如果你想活下去的話，就閉起你的嘴巴，別讓人看見你的缺口！絕對不能對任何人敞開胸懷！絕對不能相信任何人！

至少有你……至少有你活著……至少有你……

老鼠握緊扶手。

婆婆，原諒我，我違背了妳的遺言。我為了別人嘆了好幾次氣，我相信了他，對他敞開胸懷，我自己在腳上戴上了枷鎖。但是，我實在沒辦法，我真的無法拋下他。

「老鼠……」紫苑對自己說話。喘著氣，應該消耗了很多體力吧。「你在想什麼？」

「你問我現在在想什麼？我希望能順利爬完這條階梯，還有爬上去之後會有什麼在等待我們？大概就這些吧。」

我在想你的事情呀，紫苑。

我在思考你的事情。

沒辦法，你這麼說了，對嗎？

因為是敵人，所以讓他們流血也沒有辦法。如果不先下手，就會被殺，所以先下手殺他們。

戰爭就是這麼一回事。殺人或者被殺，只有這兩條路，而廝殺沒有正義也沒有道理。

我知道，我非常清楚，只是啊，紫苑……你能允諾我嗎？你有辦法允諾我嗎？你就這麼允諾我了嗎？

你什麼都一分為二，不是愛就是恨，不是敵人就是朋友，不是圍牆裡面就是外面，而且你認為一定非得要二擇一。

你從沒想過可能有第三條路嗎？

你這麼對我說，而我嘲笑了你，嘲笑你說的是不切實際的夢話。但是，其實我也感到畏懼，你那種真心將夢話說出口的不切實際與強韌，有點壓倒我了。聽到你那麼說的時候，有一瞬間，真的只有一瞬間，我看到了路，我的眼睛裡浮現一條白色的道路。

第三條路。

不是報復而是尋找共存之路嗎？

不是復仇而是選擇寬容之路嗎？

那種東西不是幻覺，而是真實存在嗎？存在於人心這個地方嗎？

我一直在思考。雖然我很不願意去想，然而你的話卻一直占據在我思考的中樞裡，催促著我。催促著我思考這條路，不是抗拒、不要迴避，要一直去思考這條路。

我還沒找到答案，所以我現在也在思考。我拘泥於你說的話，不斷地思考著。

紫苑，這樣的你能說出這種話嗎？

沒辦法。

若是我在前方又殺了誰……不，若是你自己讓誰流了血……那個時候，那個時候你還能說出這種話來嗎？

沒辦法。

樓梯爬到最上面了，那是一個非常狹窄的空間，小到甚至無法站立。

「紫苑，沒有出口。」

別說把手了，連一顆按鈕都沒有，只有平坦的牆壁。

猜錯了嗎？

心臟猛烈跳動，背脊冒著冷汗。

如果這條是死路，那就無路可逃了，沒有方法阻擋下面來的追兵。

「上面。」紫苑叫著說。「推開天花板！」

身體照著紫苑的話動作。

喀嚓！中間部分彷彿彈簧板一樣往上彈開。原來門在這裡。老鼠往地板一蹬，跳了上去。在同時，下方傳來巨大的聲響。

門被撞破了。

「在上面，瞄準。」

傳來槍械開槍時特有的乾枯聲。

「紫苑！」

紫苑牢牢握住向他伸來的手，一把被拉了上去。

「啊！」

紫苑發出輕聲哀號。

「被打到了嗎？」

「……沒事，只是掠過而已。」

當打開的部分蓋上後，阻隔了聲響，四周出乎意料地寧靜。

紫苑用力呼了一口氣。

「痛嗎？」

「不會……這沒什麼。」

「這是第一次吧？」

「嗯？」

「你是第一次被槍打中吧？而且還是狙擊步槍。那可是舊式槍械哦，外觀流線，殺傷力強，是一個很優秀的淑女呢。」

「噢，是喔……但是，那可不是一個讓人想多跟它相處的對象。」

紫苑一邊綁著小腿，一邊輕聲笑著說。

也許他在逞強，也就是說，那是一個能讓他逞強、還沒到動不了的傷嗎？就算傷得再嚴重，他也必須往前走，因為這裡不是一個能夠停留的地方。

所以，老鼠不再問了，也不再留意，只是跟紫苑一起往前走。

「紫苑，這裡是？」

「舊通風孔的一部分。這棟建築在完成的當時，應該是在這裡設計了通風孔，只不過隨即又建造了新的強化外牆，裝上循環式淨化裝置，這裡便廢棄了。」

「也就是說，隨著監獄設施的要塞化，這裡便無用武之地了嗎？那麼舊通風孔……就是這個嗎？」

手的前方有鑿著矩形的洞。

「這前方的情況如何？」

「應該是死路吧，一定在中途就封住了。」

「我想也是，不會有這麼輕鬆的發展，可以讓我們直接衝到中樞地帶去。」

「嗯，不過我們也只能走一步算一步了。」

的確，沒有退路了，只能走一步算一步。

「紫苑，我幫你推上去，你先走。」

「好。」

紫苑以意外輕盈的動作鑽進洞裡。老鼠支撐紫苑的腳時，感受到血滑滑的觸感。他只能握緊拳頭。

「喂，這裡是開著的。」

隨著聲音的傳來，士兵的上半身探了出來。就在士兵爬上來的瞬間，老鼠一腳踢上他的下巴，用槍把敲中他的太陽穴。他把昏過去的身體拉上來，朝下方掃射。傳來跌落樓梯的聲音。接著他關上門，將士兵丟在上面。

「真壯觀的啤酒肚，請當個盡職的壓物石哦。」

翻著士兵的口袋，老鼠的模樣輕鬆得似乎快吹起口哨了。

「老鼠，你在做什麼！快點上來。」紫苑喚著。

「別催我嘛，能拿的還是要帶走啊，對吧？」
老鼠將頭鑽進洞裡。
好窄。
胸部勉強可以通過的寬度。月夜從胸口跳出來，衝了出去。
「感覺就像田鼠的巢穴耶。」
紫苑說出悠哉的感想。
還真從容呀。
老鼠的腦海裡閃過這個念頭。
他還真冷靜。
並不是不知天高地厚的從容。紫苑充分掌握情況，是了解危機與緊張之下的從容。
為什麼？
「我們兩個如果再胖一點，就過不來了。」
「是啊。」

「借狗人過得來，但是力河大叔就有點困難吧。」

「力河？那個酒精中毒的大叔嗎？那有什麼困難可言，他再怎麼努力也不可能來到這裡啊，在衝過走廊的那個時候他就已經跌倒在地，動也不能動了啦。」

「也就是說，這個時候……」

「應該早就燒成焦黑了啦。那個大叔被當作乳豬烤，光想就覺得噁心。」

吱吱吱！

月夜代替紫苑回答。

紫苑停下腳步。

「死路嗎？」

「對。」

死路。這樣啊，只到這裡嗎……

「是死路，但是……」

紫苑用手掌在牆壁上摸索，「喀嚓」一聲，牆壁掉了一塊下來，光線因此投射進來。

「是通風孔，從這邊堵住了。」
「可以看到什麼？」
紫苑側身，讓出些許空間。可以從塑膠製窗櫺往外看。
那是一個乾淨的房間。頗有深度的寬敞房間，看起來像是研究室。正前方有很大的玻璃窗，有幾名看似研究者的男女一邊望著窗內，一邊熱烈地討論著。其中一名男人動作誇張地說了些什麼，另一名長髮女手上拿著還冒著熱氣的馬克杯，笑得連牙齒都露出來了。其他還有幾名助手直盯著電腦螢幕看，以及一名急促地來回走動的駝背男。
「看起來滿舒服的房間耶，也許去拜託一下，就能借個地方洗澡哦。我們進去打擾一下吧。」
「嗄？這個洞口這麼小，我們再怎麼瘦也鑽不出去呀。」
「嫌小就弄大它嘛。」
「什麼？」
「你退後，紫苑，直接往後退。」

「老鼠，你想做什麼？」

「你看著就是了。」

「那是……小型炸彈嗎？」

紫苑倒抽一口氣。

「沒錯，硬幣型極小炸彈，而且還可以倒數計時哦，連控制爆破力的功能都有，真划算的商品。」

「你在哪裡買的？我怎麼不知道？」

「別裝那種無聊的傻，我什麼時候有時間去買東西了？剛才從那個啤酒肚大叔身上摸來的啦。這種事不重要……退後，紫苑，再退後一點。還有，月夜交給你了。」

紫苑匍匐著往後退。

「這樣可以嗎？」

「很好。雙手抱住頭。一爆炸後，要馬上衝出去哦，做好準備！」

安裝完畢。

老鼠脫掉超纖維布的斗篷，往紫苑頭上蓋去，然後直接往後退。他的腳尖碰到紫苑的肩膀。

「老鼠。」

「幹嘛？」

「這不等於你當我的盾牌嗎？我很安全，可是你……」

「笨蛋，在這種情況下，位置關係不重要，別嘮嘮叨叨了。」

真是的，你到底有多笨啊！

笨蛋！可是這就是紫苑，不論在什麼情況下都不忘記關心別人，這才是紫苑會做的事，不是嗎？

胸口湧起一股安心的感覺。

砰！

爆炸聲，還有風聲。爆炸的震波竄過狹窄的走道傳來衝擊。月夜發出尖銳的害怕聲。

「紫苑，你沒事吧？」

「當然，我跟月夜都沒事。」

「很好。」

不知道是不是因為牆壁是特殊材質，所以幾乎沒有揚起粉塵。炸彈的威力相當強，雖然已經把爆破力設定到最小程度了，特殊材質的牆壁還是被炸出一個大洞。

跳下去。

尖叫聲響起。

工作人員全衝出房間。

「你們是什麼人？」

一名體格龐大的男人從白衣胸口的口袋裡掏出槍來。老鼠衝向他的胸懷，毆打他的脖子，男人就這麼俯伏倒地。

警鈴響起。

就這麼衝嗎？

不能留在這裡，幾十秒後就會有大批士兵趕過來。

只能跑，但是，跑向哪裡？

「紫苑，怎麼辦？快點下指令。」

沒有回應。

紫苑怎麼了？該不會？

冷汗滑過背脊。

一回頭，看到紫苑站在玻璃窗前，像之前工作人員一樣望著下方。擦拭得乾乾淨淨的一大塊玻璃後方，透露出淡淡光線。

「你在做什麼！快走！」

紫苑的臉緩緩轉向老鼠。他的臉色慘白，表情僵硬，彷彿木偶一樣。老鼠第一次看到紫苑這種表情。

怎麼了？

這個時候老鼠才發現紫苑的褲管被染紅了。

槍傷很深，引起貧血了。老鼠立刻這麼認為。

「紫苑，你還好吧？」

蒼白臉龐上的嘴唇微微顫抖著說：

「老鼠……這是……」

紫苑說到這裡，隨即吞了口口水，再問：

「這是……什麼？」

「什麼？……」

沒時間停留。雖然很清楚這一點，然而老鼠還是被紫苑異樣的表情拖住，站到紫苑身旁去。他踩到了什麼，一看是個木製相框，裡面有一張照片，照片裡有一名年輕女性抱著嬰兒，以及一名約十歲大的少年。原本應該是放在某個工作人員的桌上吧，是舊式的數位照片，應該是母親的女性跟少年都帶著靦腆的笑容。

老鼠抬起臉，往玻璃窗內看去。

裡面矮了一個階梯，整個凹陷的感覺，不過天花板很高，是一間白色牆壁的房間。

「噁！」

他不由自主地往後退。

這是……什麼！

4 悲傷嗎？

「悲傷嗎？」
「悲傷。」
「其實你並不悲傷吧？」
「其實我並不悲傷。」
（《最後的地球人》　星新一）

有兩台皮帶輸送機在運轉，皮帶上放著人類。
人類被放在上面。
不是活人。

這一點從窗戶這一頭也能看得一清二楚。

是屍體。有幾十具或者是上百具的屍體被運送進去，前方有一台半圓形的巨大機械在運轉著。

屍體一具具被送進兩個張開的正方形入口。不知道是不是特殊玻璃，完全聽不到那一邊的聲音。

在沒有聲音的場景裡，屍體一具具被運送進去。

有男人、有女人、有小孩、有大人。有人穿著衣服，有人裸體。不論體型、年齡、性別全都不同。

「為什麼大家……頭都……」

話卡在喉嚨成為塊狀物堵塞住了氣管。

每一具屍體的上半頭部都被切掉，裝上半透明的塑膠容器。不論男女老幼，額頭以上的部分全變成碗狀的塑膠容器。

「……是樣本。」

紫苑喃喃地說，肩膀不斷抖動著。

「這就是樣本。」

「……什麼意思？」

「腦……人類的腦……是必要的樣本。」

「……那麼，這些屍體的腦部全都被取出了嗎？」

「對……應該。應該……已經沒用處了……所以……」

「所以？」

「要被處理掉了。」

這次換老鼠吞了口口水。

皮帶輸送機前方的半圓形機械。

那是用來處理屍體的嗎？是用高溫在一瞬間燒成灰燼？還是搗碎成灰燼，加以乾燥？還是用藥物溶解到連殘渣都看不到？

被送進去。

沒多久之前還活生生的人類，活著，會說話、會哭、會相愛的人類，如同垃圾一樣被處理掉。

這麼、這麼、這麼……NO.6竟然這麼無情？竟然變得這麼無情？

「不是人。」

紫苑的聲音傳進耳裡。不是輕聲細語，是非常清楚的聲音。

「這不是人做得出來的事情。」

紫苑握緊拳頭擊上強化玻璃。

這不是人做得出來的事情。

但是，剛才不是有穿著白衣的工作人員站在這裡談笑風生嗎？不是拿馬克杯喝著熱騰騰的飲料嗎？不是認真在做自己的工作嗎？

那些人全都是惡魔嗎？

老鼠望向腳邊的照片。

微笑的女性、靦腆的少年、沉睡的嬰兒。

「來，看這邊，笑一個，笑一個啊。」

「爸爸，等下換我來拍。」

「老公，小寶貝也要拍進去哦。」

似乎能聽到這樣的對話。處處可見，因此才特別珍貴的一家人的對話。
將這個放在辦公桌上的傢伙……也是惡魔嗎？
有動靜。敵人逼近的動靜。
感覺臉頰被甩了一巴掌，醒了，老鼠抓著紫苑的手衝出走廊。
我們要逃，紫苑。
怎麼能死在這種地方呢！
為了活下去，全身都起了反應。思緒、感覺、指尖，連每根頭髮都為了活下去，只為了活下去，而動了起來。
不能死。
「右邊。」傳來紫苑冷靜的指令。
「往右三十公尺。」
往右三十公尺。沒時間去思考那裡有什麼。不知道為什麼阻隔牆沒有落下，但是也沒有餘力去思考原因了。
衝！不，不行！

前方出現士兵。

「蹲下！身子縮起來！」

往地板丟一顆硬幣型炸彈，然後朝著它開一槍。傳來震耳欲聾的爆炸聲，玻璃碎片四處飛散。

「準備衝過去！」

一旦被包圍，就完全沒有勝算，要是他們一起開槍，我們準被打成蜂窩，所以也只能衝進去了。

「別離開我！」

消防系統被破壞了，開始灑水。兩人衝進被淋得全身濕答答的士兵群當中。先用手刀擊中士兵的喉嚨，接著回頭拿刀刺向後面的敵人。壓著肩頭，從倒地的士兵腰上拔出軍用小刀，揮向迎面而來的對手的手腕。手槍掉在地板上，發出聲音，血與水混在一起流了出去。

士兵們全都無聲，保持沉默。他們不僅攜帶正在開發的雷射槍，同時也擁有殺傷力強大的軍事槍械。沉默、迅速且確實地殺敵。他們應該是如此被訓練的吧。

只不過用刀我可是比較在行。

一旦打近距離戰，低科技的小槍械比高科技的兵器有用多了，而且有些場合，小刀比最新式的槍還更能派上用場，如果能用刀如手腳一樣順暢，那就更沒話說了。

一眨眼三名同伴被撂倒，士兵們的動作略顯僵硬，因為是沒預料到的抵抗。他們的僵硬成為弱點，變成老鼠攻擊的最佳時機。老鼠扭住眼前士兵的手臂，拿刀從背後抵上他的喉嚨。

「不准動！」老鼠舔舔唇，這麼命令士兵。

「把槍丟下，如果不從，這傢伙就會沒命。」

士兵們全都往後退一步。

可以順利逃脫嗎？

可以就這樣挾持這個男人，順利逃脫嗎？

「紫苑。」

「嗯。」

「還活著嗎？」

「活著。你的動作太迅速，似乎沒人有空顧及到我。」

「很好，接下來就押著這傢伙當作人質……」

響起拍手聲。

「漂亮，幹得好，不過只能到這裡了。」

這句話彷彿暗號一般，士兵們動作迅速地讓出一條路。一名男人從中間走出來。

他站在紫苑跟老鼠面前，輕輕舉起右手，說：

「遊戲到此結束，VC103221，還有紫苑，對吧？」

紫苑發出「啊」地一聲。

「你認識他？他該不會是你的親戚吧？」

「他是治安局的調查員……羅史。」

「你還記得我啊，真是光榮，不過我跟你還真是有緣。好一陣子不見，你變強壯了嘛，沒想到你會入侵到監獄裡來，老實說我很驚訝。當然能再見到你，我很高興。」

「那還真……感謝。我也沒想到會在這裡遇見你，我很驚訝。」

「對了，關於這件事，其實我的正職是軍事訓練教官，上次沒好好自我介紹，真是失禮了。」

「跟他要張名片吧，紫苑，找工作時會有幫助。」

羅史歪了歪嘴，笑著說：

「還是這麼伶牙俐齒，不過你使小刀的本事比嘴巴高明多了，很厲害，沒想到你這麼輕而易舉就能擊敗我的手下。真是太漂亮了，值得稱讚，我還真想收你當部下。」

「很高興你的賞識，不過我拒絕。你們是怎麼軍事訓練的？拿囚犯當箭靶來練習射擊？」

「呵呵，是有這一項。有時候也會迅速驅逐誤闖進來的笨老鼠，也有這一項訓練。」

老鼠更用力扭動士兵的手臂，說：

「把槍丟掉，讓開一條路！」

羅史搖頭回答說：

「你們很棒，能闖到這裡來，可不是隨便誰都做得到。真的很棒，不過你們還是太年輕了。」

羅史輕輕舉起右手。

「你們的反擊太兒戲了。」

羅史舉槍。

什麼！

「住手！」

士兵扭動身體。老鼠一放開手，槍彈便貫穿步伐蹣跚的士兵身軀。被貫穿的身體砰地一聲倒地，這時上方天花板開始噴水。士兵一度抬頭，視線徬徨，彷彿在找些什麼，然後，他出聲呼喊：

「媽媽。」

他的聲音傳到老鼠耳裡。

這麼不在乎地射殺部下……

接著老鼠的肩膀及腳傳來激烈疼痛。

「老鼠！」

紫苑的手從背後撐住老鼠的身體，腳因為踩到水一滑，兩人一起跌落在地。疼痛貫穿全身。

「呃……」

咬緊牙根。全身冒汗，心臟激烈跳動。

「你看看，既然帶著超纖維布，如果不包好，怎麼能發揮作用呢。不過，這下子你也不能再拿刀了，我看活蹦亂跳也沒辦法，終於能安分點了。雖然我也玩得很愉快，但是遊戲結束了，103221。」

結束？在這裡嗎？

羅史蹙眉，嘆了口氣說：

「我沒想到你這麼棘手，老實說真可惜，要殺了你真可惜……但是，我也身不由己。我不會戲弄你們，就給你們個痛快，聊表對你們戰力的敬意，一人一槍收拾你們。」

「你還真……慈悲啊。」

「有什麼遺言要交代嗎？」

真的結束了嗎？

突然，灑水器停止了。在同一時間，阻隔牆也開始落下。士兵們開始騷動，羅史也瞄了阻隔牆一眼。

好機會！可以趁他分神時奪取那把槍，是起死回生的大好機會……可是，身體動不了。

「怎麼會這樣？」

「阻隔牆這時候才啟動。」

「怎麼可能，為什麼？」

「快逃，會被關在裡面。」

一旦阻隔牆完全落下，封閉的空間裡將會釋放高壓電，沒有人能逃得過一死。

「快逃，快點逃！」

士兵們扶起負傷的同伴們趕緊撤退。

「教官，阻隔牆快落下了，快點！」

一名士兵停下腳步，回頭叫著。

「教官！」

阻隔牆正在下降，筆直地往下降。

肩膀有股燒痛感。壓著傷口，老鼠微笑著說：

「他們在叫你耶，你不快過去嗎？」

「處置完你們之後，我會過去。」

槍口筆直對準老鼠的心臟。也許是想保護吧，紫苑的手伸到老鼠胸前，另一隻手也放了上來。一雙沾著血跡，相當怵目驚心的手。

是嗎……我果然要跟你一起死。

老鼠靠在紫苑身上，用力喘著氣，全身失去了力氣。

我不閉上眼睛。

到最後一瞬間，我都要凝視著這個世界。

紫苑的手加重力道。

我不閉上眼睛，到最後一瞬間都不閉上……

耳邊傳來槍聲，彷彿在水底聽到的朦朧聲響。

羅史的胸前深紅花朵盛開，花瓣散落一地。

咦……？

羅史蹣跚地往後退了幾步，靠在牆壁上，然後直接滑坐下去，嘴裡也不斷冒出深紅色花瓣。

老鼠深呼吸，卻無法直接將氣吐出來。

那不是花瓣……是血。

血花濺在牆壁上，彷彿隨意噴灑的紅色水彩一樣。羅史垂下頭，大量鮮血流下，染紅了他的下半身。

怎麼了？發生什麼事了？

「教官！」

呼叫聲響起，阻隔牆隨即落下，瞬間切斷了所有聲音，帶來短暫的寂靜。

老鼠能吐氣了，他撐起自己的身體，說：

「……紫苑？」

他轉頭凝視環抱著自己的少年。

「紫苑……這……」

雖然能吐氣，卻無法好好說話。心臟跳動得比剛才強力、激烈、快速，怦怦地拍打著。

紫苑的手上握著槍，小口徑的半自動手槍，連防彈背心都能貫穿的軍用制式手槍。那是剛才老鼠從士兵手上敲落的槍。

硝煙升起，火藥的味道嗆鼻。汗水滲入眼裡，嘴裡乾渴，舌頭僵硬。硬要動的話，會發出啪啪的聲音。

「紫苑……你做了什麼……」

紫苑放開環抱老鼠胸前的手，站了起來。他緩緩走近羅史。

「……嗚。」

羅史呻吟。他抬起頭，身體不停地顫抖著。

「……你這個門外漢……」

模糊不清的呢喃聲隨著鮮血從嘴角傳出來。

「要開槍……也要瞄準……要害。」

「我有事要問。」紫苑拿著手槍指著羅史，以一種不帶感情的低沉聲開口問。「為什麼一開始不啟動阻隔牆？」

「……它不動……」

「無法啟動的意思嗎？」

「……沒錯……」

「原因呢？」

「……不清楚……」

「為了以防萬一，你們應該暫停了阻隔牆系統才來這裡，然而它卻突然啟動了……是這樣嗎？」

羅史顫抖著身子抬頭望著紫苑說：

「……求求你，給我一個痛快。」

眼眶裡泛出淚水。

「回答我。」

「……沒錯……無法控制……原因不明……」

「無法控制，原因不明……」

「我不清楚，什麼都不知道……紫苑，你是晚輩……快點！給我一個痛快……救救我……」

「救救我？」紫苑的肩膀微微顫抖。

「我沒多久前才剛聽到同樣的台詞，就在這棟建築物的地底下。」

這個時候老鼠才終於能夠站起來，雖然肩膀跟腳都流著血，他卻絲毫不覺得疼痛。

一定要站起來，一定要拉住紫苑的手，一定要阻止他才行。

紫苑，你打算做什麼？

腳不聽使喚，雙膝往前跪下。士兵的屍體就倒在旁邊，是一名年輕男子。黑色鬈髮的他，脖子上掛著一條金色墜鍊，閃閃發亮。最後的那一句「媽媽」似乎還留在唇上。

「是被你們丟進地底下的男人，『真人狩獵』的犧牲者，因為死不了，所以哀求我，哀求我說『救救我』。那個男人痛苦不已的時候，你在做什麼？喝咖啡嗎？泡澡嗎？還是上課中？」

「……拜託你……讓我死……我好痛苦。」

「我救不了那個人。」

「……救救我。」

「我救不了任何人。」

紫苑的右手緩緩舉起。

「紫苑，住手！」

槍聲響起。

老鼠閉上眼睛，背過身去。硝煙味更濃了，混雜著血腥味，讓空氣帶著黏稠感。應該是早就熟悉到不能再熟悉的味道，卻讓老鼠反胃，無法忍受。

不想張開眼睛。

因為一張開眼睛就必須跟現實對峙，真想就這麼閉著眼睛逃，逃到不是這裡的任何地方去。

我……不想看。

有什麼拂過。

像是風的感覺。

帶來花的香味，淡淡清香的野花香味。

有什麼拂過。

風拂過臉頰，瀏海隨風搖曳。

啊啊，又來了，又是……那片風景。

張開眼睛。

陽光好刺眼。

眼前是一片草原。

柔和的草原。風雖然還有點冷，陽光卻很燦爛。草原上開滿小白花，隨風搖曳，在陽光下閃閃發亮。遠遠的山頂上籠罩著雲霧，在山麓反射白光的是湖泊吧……有各式各樣大小的湖泊與沼澤分布四處。天空是蔚藍的，好藍、好藍，彷彿全都染成藍色一般的蔚藍。可是地上卻盛開著白花，還有淡綠色的草地。

藍天、綠地，還有森林。

草原的盡頭是森林，可以聽到樹木沙沙作響聲，樹葉隨風搖擺，翻出葉子的白色背面，鳥兒展翅高飛，又翩翩落下，羽毛飄過老鼠眼前。

好想隨之而去。

能隨之而去嗎？

老鼠抬頭，仰望。仰望……仰望著誰？

「到我身邊來。」

傳來溫柔的聲音，身體輕飄飄地被抱起。

啊啊，又來了。

我的意識將被帶走，我的心將隨之而去。

感覺好像回到童年時候，溫柔地被擁抱著的小小的、小小的幼童。

之前那次是夏天。

嗅到草叢散發出來的熱氣。

這次是春天……嗎？風景柔和，風、光、氣息、顏色都很輕柔、溫和地環抱著老鼠。

「我教你唱歌。」

老鼠搖頭。

「我會唱……我能唱得出來。」

「你會唱？那首歌嗎？」

「嗯。」

老鼠抬頭挺胸地回答。

風攫取靈魂，人掠奪心靈。

大地呀，風雨呀，天呀，光呀。

請全都停留在這裡。

務必全都留在這裡。

活在這裡。

靈魂呀，心靈呀，愛呀，情感呀。
全都回到這裡。
留在這裡。

風靜止了。
因為在聆聽歌聲，老鼠這麼認為。
風停了，羽毛輕飄飄地落地。
「這樣啊，你會唱啊……」
頭髮被輕揉著，背脊被安撫著。
「再多唱一些，再多讓我聽聽你的歌聲。」

風攫取靈魂，人掠奪心靈。
但是，我還是留在這裡。
繼續唱歌。

懇求。

傳遞我的歌聲。

懇求。

接受我的歌聲。

眼瞼又開始沉重，身體失去力氣。

「……我好睏。」

「睡吧。」

真的能閉上眼睛沉睡嗎？

「睡吧，我會帶你走。」

「……帶我去哪裡？」

「去森林。」

「去森林？」

「睡吧，什麼都不必想，休息吧。」

真的能就這麼睡去嗎？

身體搖盪著，好舒服，非常舒服……

「我不去。」

出聲吶喊。

我不能去，我不能睡，我必須回到有紫苑的現實，不論那裡會有什麼，我都不能獨自逃走。

紫苑。

我一定要回到你的身邊。

不停地咳嗽，硝煙與血腥味滲入身體深處，引起猛烈咳嗽。擦拭嘴角，站了起來。

看到紫苑的背影，他雙手垂在兩側，右手還握著槍！

「我救不了任何人。」

含糊的聲音這麼說著，不斷地重複說著。

我救不了任何人。

「……紫苑。」

呼喊他的名字。

紫苑，聽得到我的聲音嗎？

「老鼠。」

紫苑的目光捕捉住老鼠的身影。

眼眸中閃爍著歡喜，笑容不斷地擴張，嘴裡吐出安心的氣息，槍也從手中滑落……

「太好了，你沒事。可是……你流了好多血，還好嗎？至少要幫你止血才行。」

紫苑脫下外套，撕下袖子。

「現在只有這個，也許能代替止血帶，讓我看看你的肩膀，我幫你包紮。」

那是平常的紫苑。平常的口吻、平常的眼神、少一根筋又愚蠢、不了解現實、只會說著理想、個性耿直到讓人難以置信、溫和的紫苑。

心頭一陣糾結，眼眸深處溫熱。

「紫苑。」

「怎麼了？痛嗎？」

「你救了我。」

「嗄？」

「別忘了，你救了我……你保護了我。」

「我嗎？」

紫苑閉起嘴巴，不斷眨眼，他的視線飄移，最後停在滾落於地板的槍上，接著轉向靠著牆壁斷氣的男人。男人的眉間被射中一槍。

漂亮。

一瞬間閃過這個想法。

子彈命中額頭正中央。不過，即使是近距離，沒有裝設瞄準器的手槍能射中幾公分前的目標，對一個門外漢而言實在是件不簡單的事情。

紫苑的氣息慌亂，將雙手放在眼前目不轉睛地凝視著，彷彿手心上刻劃著難以理解的文字，接著手心、手臂、身體都開始顫抖了起來。

「老鼠……我做了……什麼？」

「你救了我，你誓死守護了我。」

「不對！」

被牆壁困住的空間裡響起尖叫聲。

「不對！不對！不對！」

「沒有不對！如果沒有你，我已經沒命了，躺在那裡流血的人不會是他，會是我。」老鼠指著羅史說。「我會變成那樣。」

他抓住紫苑的手用力搖晃。

紫苑的脖子前後搖晃，彷彿斷了線的人偶一樣。

「你聽著，聽我說。你懂嗎？你保護了我，你救了我一條命啊！紫苑。」

聽著，紫苑，聽清楚我說的話，相信我說的話！

「如果我是你，我也會做同樣的決定，我一定會做出跟你一樣的事。這裡是戰場，不是殺人，就是被殺，你做的事是正當的。」

老鼠緊咬下唇，說出口的話語漸漸崩潰腐敗，他並不是想說這些。

那麼，我想說什麼？我現在必須讓紫苑了解什麼？

「老鼠……」

紫苑沙啞地呢喃著。

「我……殺了他。」

他彎腰拾起手槍。

「我不知道……為什麼，但是我毫無猶豫地就……殺了人。」

與紫苑四目相對。

我必須要告訴他什麼？

「這是可以被原諒的嗎？能夠……被原諒的嗎？」

僅僅五點四毫米的槍口，看在眼裡卻異常放大。

「你曾說過，我跟NO.6很像。當時我回答你說不對，但是……也許你說對了，我跟那個都市很像。不論理由為何……毫無慈悲又冷血地剝奪人命。老鼠……」

全長一百五十五毫米，重四百六十公克，子彈數八，四條膛線，右旋。

還剩下幾發呢？

「能被原諒嗎？」

紫苑閉起眼睛。

紫苑？你在做什麼？

「住手！」

老鼠發出尖叫聲。不是發自聲帶，而是以全身吶喊。

他衝過去使出全力毆打紫苑，騎在倒地的紫苑身上。

「開什麼玩笑！」

「開什麼玩笑！開什麼玩笑！開什麼玩笑！」

抓住他的胸膛，揍向他的臉頰。

手掌心傳來肉體的觸感。

「混帳東西！你以為你是誰！都來到這裡了，才想一個人夾著尾巴逃嗎？你想解脫嗎！開什麼玩笑！」

紫苑輕聲呻吟。

「膽小鬼！殺人無法被原諒，那自殺就能被原諒嗎？你在這裡自殺看看，你會犯下雙重殺人罪，你懂不懂！」

月夜跳上老鼠肩上，吱吱地發出激烈鳴叫聲，似乎想勸架。

紫苑完全沒有抵抗，甚至連氣息都沒有。他雙眼圓睜卻無神，嘴角滲出血來，唇上還留著舊的血跡。

滿身瘡痍……全身是傷。

是不是不應該來這裡？明知道只要入侵到監獄裡來，面臨的就是戰場。明明十分清楚，卻硬是把紫苑扯了進來。救沙布這名少女對老鼠而言，不過是個名目，他需要紫苑的力量，需要紫苑能夠完整記憶監獄內部構造的能力，給他下正確無誤的指令。他要借……不，是利用紫苑的力量破壞監獄設備，讓NO.6的基礎出現龜裂。為了這個目的，紫苑是求之不得的武器。

沒錯，我利用了紫苑。

如果結果是這樣……是這樣的話，那根本不該來這裡，不可以來這裡。

當然早就覺悟這會是一場非常殘酷的戰爭，也知道自己是賭上連百分之一都不及的可能性，挑戰一場無謀的兵戈。只是仍然自負於自己具備著必勝的決心，以及可以抑遏急切的冷靜。

自信能控制現狀的不是NO．6，而是我們。

沒有覺悟就無法戰鬥，沒有自負就無法獲勝。

我沒有錯，我絕對沒有做錯！

老鼠咬緊牙根，眼前赤裸裸的現實似乎要吞沒了他。

怎麼會變成這樣……完全超乎原本的想像。

不可以來這裡的，不應該來這裡的，不應該把紫苑扯進我的戰爭裡。

終於明白了。

只是，已經來不及了。

「紫苑。」

要問能不能被原諒的人是我，要請求原諒的人不是你，是我呀！

「背負著吧！」

彷彿衝破緊咬的牙根，老鼠擠出這一句話來。

紫苑的眼眸緩緩地動了，他輕輕瞇眼，彷彿想把焦點集中在老鼠身上。

「背負著吧……背負著活下去！」

不是說給紫苑聽，而是說給自己聽。

背負著罪惡活下去！

紫苑，抱歉，讓你背負了我，我成為讓你肩膀嘎吱作響的沉重負擔了。

能獲得原諒嗎？我做的事情會有得到你原諒的一天嗎？

紫苑用力喘氣。

他伸出手，用指尖觸碰老鼠的臉頰。

「我第一次看見……你哭。」

「嗄？」

哭？

誰？

「夠了，老鼠……別哭了，我知道了，我照你的話做，所以請你別再哭了。」

「傻瓜！」

你怎麼這麼傻，到現在還關心別人做什麼！什麼夠了，一點都不夠！而且我才沒哭，我跟你可不一樣，我才不會不知羞恥地流淚……

已經到了極限，無法再忍耐，淚水一湧而出，緩緩流下。

原來淚水如此炙熱，流過臉頰，從下顎滴下，落在紫苑身上。

可惡，為什麼淚水……可惡！

老鼠趴在紫苑身上，洩露出哽咽聲。

可惡！笨蛋！混帳！

「紫苑。」

「嗯……」

「我不知道如何止住淚水。」

「嗯。」

「我真的……不知道……再這麼下去……不妙。」

「是嗎？」

「當然不妙啊，如果借狗人看見我這張臉……一輩子都會被他拿來當笑柄。」

「……說得也是。」

紫苑將手伸到老鼠背後，在背部正中央拍了拍，說：

「老鼠，我們走吧。」

是啊，要走了，這裡不是終點，必須要繼續前進。

但是，怎麼走？如何從被關閉的這個空間裡逃脫呢？

「啊！」

老鼠跳了起來。月夜被驚嚇到，連忙鑽進紫苑的襯衫底下。

「為什麼？」

「什麼為什麼？」

「為什麼沒有發生任何事？阻隔牆完全降下的同時，不是會釋放電流嗎？」

「是啊……」

紫苑起身。不知道是不是哪裡疼痛，他蹙著眉，不過隨即轉變成微笑。

「阻隔牆降下已經將近五分鐘了，沒想到你也會過了這麼久才發現。」

「什麼嘛，你那是什麼口氣！」

老鼠閉嘴，瞄了眼紫苑那張沾了血跡的臉。

「難道你早就發現了？你已經預知不會發生任何事？」

紫苑搖頭回答說：

「我沒發現，也沒預知，只是……」

「只是什麼？都來到這裡了，別再吊我胃口了。」

「嗯。也許你會笑我，不過……我總覺得我們是被邀請來的。」

「被邀請？」

紫苑舔舔嘴唇，以一種很有他風格的樸實語調繼續說道：

「原本在我們衝過走廊的那個時候，阻隔牆就應該啟動了，然而它卻沒有，反而在我們被士兵包圍的那個時候才啟動，而且還是在已經被暫停啟動的狀態下。這太不可思議了，所以大家才會那麼慌張無措。」

「等一下，我聽不太懂。你是說管理保全系統的電腦出現錯亂了嗎？恰巧救了我們……雖然被關在這裡難論好壞，不過我們卻因此得救了。偶然發生的電腦故障救了我們……是這個意思嗎？」

ＮＯ．6的電腦故障？怎麼可能，不可能會發生這種事。

紫苑再度搖頭。

「不是偶然，是故意。」

「故意？你是說電腦有意識？」

第三度否定。

「不是。雖然是故意這樣做，但是機械本身並沒有意識。」

「紫苑，能不能說得讓我明白一點？你到底在說什麼？被邀請是什麼意思？」

「我不知道……我無法說明。但是，除此之外，還能如何解釋呢？我覺得有人在召喚我們……」

「你是說那個人操縱電腦，以他的意識救了我們。你是這麼認為嗎？」

「對。」

「那個人是誰？你的女朋友嗎？」

「沙布……是沙布嗎？但是……」

紫苑拖著腳走到牆壁前。只有那個地方的顏色不一樣，比較白。

「這是電梯吧？」

「對，通往最高層的唯一途徑。」

往右三十公尺。

紫苑是要他以這裡為目標跑過來嗎？

牆壁上完全看不到類似操控按鈕的東西，沒有任何突出物，是要用感應器感應特殊晶片才能啟動嗎？

「要怎麼上這部電梯？」

紫苑轉頭，凝視著一點。老鼠追著他的視線，發現是羅史的屍體。

「也許他身上嵌有特殊晶片。」

老鼠先說出了紫苑腦海裡也許正在想的事情，他不希望紫苑再說出任何跟那具屍體有關的話。

紫苑錯開眼神，將手舉在半空中說：

「不……行不通，這個系統沒有感應到活體反應就不會啟動，也就是說，不是活生生的人體內的晶片就不行，屍體起不了作用。」

「是嗎……」老鼠低著頭喃喃地說。

剛才幾乎要擊碎自己頭蓋骨的混亂，已經從紫苑心中完全消失了。

沒有感應到活體反應就不會啟動。

屍體起不了作用。

這是在那種混亂之後，能輕易說出口的話嗎？

老鼠看著自己的腳。

不光是讓他背負了，也許也開啟了，開啟盤旋在他心底的東西。

紫苑，你的心底有什麼？我未知的你有著怎樣的表情？

老鼠突然打起冷顫，肩膀跟大腿的傷口彷彿呼應般地作痛……剛才連槍傷的痛都幾乎要遺忘了……

「有什麼方法嗎？」老鼠簡短地問。

「應該會有人來接我們。」

紫苑也簡短地回答。

「有人來接我們？」

突然聽到輕微的機械聲。

電梯下來了。

門幾乎寂靜無聲地開了。

裡面有兩道影子。

老鼠連忙警戒，不過隨即發現是自己的身影，面對的一整片牆壁是鏡子。

「老鼠……要上吧？」

「當然啊，我還沒那麼愚蠢又無禮到不理專程來的迎接。」

「嗯，說得也是。」

老鼠大步邁開步伐，搭上電梯。隱隱作痛，傷口又痛了起來。依出血量來看，已經無法再做勉強的動作了。而且，如同羅史所說，這隻手無法拿刀了。

現在想這個也無濟於事吧……

根本無法預知電梯門開的那一瞬間，會有什麼在等待自己。與其思考以後，倒不如坦然面對現在。

如今也只能這樣了。

環顧四周。

除了鏡子之外什麼都沒有，牆壁十分光滑，沒有一絲汙垢。當然也沒有按鈕、開關、螢幕，是一個乾淨、明亮的純淨空間。

電梯門要關上了。

正前方是雙腳一攤、歪著頭的羅史，同時也看見在臨死之前呼喊母親的年輕士兵的軍靴鞋底。

紫苑的手在胸前動作。

是為了祈禱而想雙手合十嗎？

老鼠這麼以為。

然而，紫苑雙手緊握成堅固的拳頭。

只是這樣。

門關上了。

5 不實的歡愉

無法言喻的深刻歡愉不時擾亂她的心，那是無論如何都必須隱藏的不實歡愉。雖然丟臉，卻是只能在神祕的心深處悄悄品味的強烈歡愉之一。

（《女人的一生》 莫泊桑）

「爸爸不知道回來了沒？」

莉莉嘆氣。

「不知道媽媽是不是見到爸爸了？不知道跟他說『爸爸你回來了』嗎？天色都這麼暗了，怎麼會這樣呢？夕菜的爸爸跟瑛衣的爸爸早就回家了呢，他們每天都搭同一班巴士回來呀，我常常跟夕菜、瑛衣一起去接爸爸呢……」

「是嗎？妳爸爸一定很高興吧？」

「他很高興，會把我抱起來，親我的臉頰哦。其實我有點不好意思，我都這麼大了，已經不是讓爸爸親一下就高興得不得了的孩子了。但是爸爸還是把我當小孩子，所以才會那樣在大家面前親我吧，有點傷腦筋呢！」

莉莉這種小大人的口吻很可愛，火藍微笑地望著她。

莉莉又嘆了口氣。她撐著下巴，呼地吐出長長一口氣。成熟女人的動作，可能是從母親身上學來的吧。

平常她總能取笑莉莉「哎呀，莉莉真是個小大人」，但是今天卻完全沒那個心情。也許是感染了莉莉的憂鬱，火藍也覺得心情沉重，連微笑都很勉強。

「阿姨。」

「怎麼了？」

「爸爸會回來吧？」

「當然會回來啊。」

火藍停下擦拭托盤的手，望著莉莉。

莉莉最愛吃的起士馬芬只吃了一半，就放回小盤子上。

「月藥先生——妳爸爸工作很忙，所以才會錯過每天搭的那班巴士，他一定會搭下一班巴士回來的。」

火藍這麼說後，自己也嘆了口氣。這種話根本起不了什麼安慰作用，莉莉想聽的並不是這種敷衍的安慰話。

連小小女孩的憂鬱都無法幫她，真覺得焦急又沒用。

莉莉那雙總是充滿活力的快樂眼睛蒙上了陰影。

每天都很規律地在同一時間回家的父親，今天卻到現在都還沒見到人影，這讓她擔心得不得了。

火藍無法笑著對她說：「什麼？就只是這樣嗎？」因為莉莉察覺到月藥的表情有點奇怪，因此很擔心。不光是莉莉，連莉莉的母親、月藥的妻子戀香，也挺著大肚子專程到巴士站去接月藥。

月藥有什麼讓妻女不安的事情嗎？

不，不只是月藥……

不安，摸不著底細的不安，現在正籠罩著這個都市，籠罩著整個NO．6。

也可以說是動盪。

已經有幾十名市民犧牲了。雖然火藍無法判斷用「犧牲」這兩個字是否恰當，不過這兩個字散發出來的陰森感、恐懼感，跟都市內的氣氛完全一致。火藍真的無法不這麼想，因為她自己本身也因為一種不斷湧現、有別於想念紫苑的不安，而覺得焦躁。

這種事真的是現實嗎？

人們一個接著一個死去。

沒有任何徵兆就突然倒下，然後直接斷氣。雖然火藍並沒有親眼看到，不過聽說犧牲者的頭髮、牙齒全都剝落，全身布滿皺紋，老了上百歲後死去。不管是如何強壯的年輕人、如何貌美的女孩，全都會變成令人怵目驚心的模樣。

為什麼？原因究竟是什麼？

新型病毒？毒氣？奇怪的疾病？

雖然有各種臆測，卻沒有人能斷定原因，也無法在所有犧牲者身上找出共同的條件，年齡、體型、生活環境、工作、生育經歷，大家都不一樣，沒有一項共通點。

不，只有一點相同，那就是大家都是N O.6的居民。

有人在市政府大樓前廣場倒下、有人在馬路上、有人在自家廚房。全都是單獨的犧牲者，並不是集中在同一個地方出現多數犧牲者，而是在極為限定的狹小地點，也就是定點發生的事情。有許多人就站在倒下的犧牲者身旁，卻一點事也沒有。剛才還說過話的友人、並肩走在路上的朋友、擦身而過的陌生人，就這麼成為犧牲者。

尖叫聲與悲泣聲此起彼落……

無法預測什麼時候、什麼地方，誰會是下一個犧牲者。這才是恐怖，無邊無際的恐懼。

剛才姊姊倒下了。她明明還沒三十歲，卻彷彿老婆婆一樣，她變成了老婆婆。鄰居死了。才正在說：「今後不知道會變成這樣」、「就是啊，真恐怖」時，她突然覺得痛苦……

喂，這究竟是怎麼回事？

這並不是事不關己。

明天，不，也許一分鐘後我也……

下一個犧牲者也許是我。

市長在做什麼？為什麼沒有採取任何措施？

不打算拯救我們市民嗎？

為政者對恐怖事件的袖手旁觀，漸漸成為市民的不滿與責難，最後演變成怨憤。

市長透過各種情報管道告知市民情況已經穩定，要求市民冷靜。然而，就在市長出現的螢幕前，不知道是第幾十名犧牲者倒下了。他不斷痙攣、不停變老。在這樣的情況下，如何冷靜?!

給我藥。

給我解決之道。

給我確實的情報。

市民的吶喊聲迴盪在每個街角。

這個時候父親沒有回來，母親也出門了。

莉莉小小的心靈充滿著不安，就要無法承受了吧？
也許她正努力壓抑著不哭。
火藍很了解擔心重要的家人卻無計可施的痛苦與難過，她也經歷過除了忍耐別無他法的焦躁，那是一種椎心蝕骨的痛。
她輕輕撫摸少女柔順的頭髮，說：
「快吃馬芬吧。」
「阿姨……」
「莉莉最愛爸爸了，對嗎？」
莉莉抬頭望著火藍，用力點頭說：
「對，我最愛爸爸了，我好喜歡好喜歡爸爸，也好喜歡好喜歡媽媽跟媽媽肚子裡的小寶貝。」
「是啊，我想莉莉的爸爸也非常非常喜歡莉莉，他會親妳的臉頰，對嗎？會一邊對妳說：『爸爸愛莉莉。』一邊親妳，對嗎？」
「對啊，爸爸總是會對我說：『爸爸愛莉莉。』」

「那我想妳爸爸一定會沒事的，他一定會回到莉莉身旁來，人不論在什麼情況下都一定會回到自己最愛的人身旁哦。」

莉莉眨眨眼睛說；

「真的嗎，阿姨？」

「嗯，真的啊，我沒有騙妳。」

莉莉的嘴角緩和了下來，揚起了微笑。她拿起馬芬咬了一口，說：

「好好吃。」

「裡面還有，正好剩三個哦，給妳跟爸爸、媽媽，待會記得帶回家。」

「謝謝妳，阿姨。」

吃完馬芬後，莉莉雙手合十大聲說謝謝。

「阿姨。」

「什麼事？」

「我也好喜歡阿姨。」

「莉莉，妳好乖，謝謝妳。」

「還有紫苑哥哥……雖然比不上爸爸、媽媽、阿姨，但是我也喜歡他。」

「嗯？」

「紫苑哥哥也會回來的。」

「莉莉……」

「阿姨不是說，人會回到自己最愛的人身旁嗎？那麼，哥哥也會回到阿姨身旁，對不對？阿姨，他一定會回來的。」

莉莉往椅子後面坐下，搖晃著雙腳繼續說：

「哥哥曾經幫我治療過傷口哦。」

「真的嗎？紫苑他嗎？」

「嗯。我跟瑛衣玩抓鬼遊戲跌倒了。我跌倒，接著瑛衣也跌倒在我身上，好痛。瑛衣她有點胖，不過她跑得很快，也很會畫畫，我也很喜歡畫畫，所以我們常常一起畫畫。」

「是很棒的朋友呢。」

「是啊，我們是好朋友，不過有時候也會吵架，吵得很兇，吵到我曾經下定決心一輩子再也不跟她玩了。」

「就是因為是好朋友，所以吵完架還能重修舊好。妳說妳跌倒受傷是紫苑幫妳擦藥的嗎？」

「嗯，對啊。那天我的腳流了好多血，好痛喔，於是我放聲大哭，瑛衣也哭了。剛好哥哥從那邊經過，他抱著我到水龍頭的地方，幫我把血洗掉……呃，然後他幫我擦藥，還摸著我的頭說：『血已經止了，妳們兩個都別再哭了。』哥哥還幫瑛衣擦臉。」

「那是……什麼時候的事情？」

莉莉搖晃的腳停了下來，她抬頭凝視著火藍，說：

「我想想，嗯……就在哥哥不見之前，那天哥哥正好要去公園工作。阿姨，哥哥人好好。媽媽也說過哦，媽媽說哥哥溫柔又帥氣，是一個很棒的人，還說：『等紫苑回來，妳當他的新娘。』哦。」

「莉莉當紫苑的新娘？真令人開心的事。」

「但是，呃，瑛衣她……」

「瑛衣怎麼了？」

「呃，她說她對哥哥一見鍾情。我問她：『什麼是一見鍾情？』她對我說：『就是決定要跟他結婚！』耶。如果瑛衣跟哥哥結婚了，我就不能當哥哥的新娘了啊。雖然媽媽說：『不能輸給瑛衣。』但是我不知道我做不做得到。」

「這樣啊……」

火藍笑出聲音來。

暫時忘記了盤旋在心中的不安與憂慮。

自紫苑突然從火藍眼前消失到今天，莉莉一次也沒提過紫苑，大概是怕提起紫苑的事情會讓火藍覺得痛苦，也或許是戀香告誡她不要提起。

「莉莉，這一陣子妳不能在阿姨面前提起哥哥喔……」

「為什麼？」

「因為阿姨會難過。」

「媽媽，哥哥做了很壞的事情嗎？所以他才會被抓走嗎？大家都這麼說。」

「那妳覺得呢？」

「我？我覺得……哥哥不會做壞事，哥哥人很好，他絕對不會做壞事。」

「沒錯，妳很懂事嘛，媽媽對妳另眼相看了哦。沒錯，這次的事情一定是哪裡弄錯了。紫苑很棒，我沒看過那麼好的孩子。個性溫柔又帥氣，是一個很棒的人。對了，莉莉，等紫苑回來，妳當他的新娘吧，可不能輸給瑛衣哦。」

也許母女倆曾這麼聊過天，相視微笑。

火藍因此得到安慰。

她曾經以為自己是一個人對抗那段焦躁與苦悶的日子，其實不然，自己從周遭人身上得到許多安慰。

這麼小的小女孩帶給我力量。還有……

必再相見。

老鼠的那封信也是。

我有許多支柱，別人的心意帶給了我力量。

「莉莉，謝謝妳。」

火藍輕輕擁抱少女。

這時警鈴響起。

牆壁的一部分變成電腦畫面，出現一張年輕女子的臉。那是直屬於情報局的播報員。

「緊急情報。市政府當局剛剛發布非常警戒令，請市民盡快回家，今後禁止所有市民外出。不允許任何例外，不服從者立即逮捕加以拘留。重複一次。發布非常警戒令，請市民盡快……」

低著頭快速唸稿子的播報員突然雙眸圓睜。她站了起來，抓著自己的喉嚨叫著說：

「救命、啊……」

響起尖叫聲。

火藍趕緊抱住莉莉。

「阿姨，那個人怎麼了？」

「不要看，妳不可以看！」

播報員亞麻色的頭髮漸漸變白，臉頰出現黑色斑點，瞬間擴張出去。

「救……命……」

她的手指彎曲，彷彿想抓住空氣般，整個人摔向桌子後方。

畫面在這時斷訊了。

非常警戒。

並不是那麼簡單的一句話就能形容。

這是異常，一個嚴重脫離常態的情況正在眼前發生。

火藍覺得暈眩。

不，不對，是ＮＯ.６，是這個城市正搖搖欲墜，如同那名播報員一樣發出哀號聲。

混亂、災害、危險、痛苦，還有恐懼。絕對不存在於ＮＯ.６的災難，正一一湧現。

聽見笑聲。

從遠處某個地方，遙遠的某個地方傳來。

誰？是誰在笑？是誰的聲音？

窗外飄過枯葉。

一片、兩片、三片……

風吹著。從南方吹來的強風，送走寒冷的冬天，帶來春天氣息的風。總是讓人心情雀躍的南風。聲音順著風吹進火藍耳裡。

「阿姨，我好怕。」莉莉抓著火藍說。「好像有人在空中笑著。」

「莉莉，妳也……聽見了？」

「我不知道、不知道，可是感覺好恐怖。」

莉莉哭了出來。

「好恐怖哦！」

「沒事，沒事的，莉莉，阿姨在這裡，妳不用怕。」

妳總是給我力量、安慰我，所以這次換我給妳力量。我不會讓妳像紫苑、沙布那樣隨便被帶走，我會保護妳。

火藍咬緊下唇，緊緊擁住莉莉。她回頭望著窗外吹拂而過的風。

我一定會保護妳。

為什麼會發生這種事？

男人十分混亂。

完全弄不清楚原因。

第一次發生這種事……

「為什麼會發生這種事？」大耳狐，ＮＯ．６的市長狂吼著。

「為什麼那些傢伙會擅自行動？你不是完全控制住牠們了嗎？」

吵死了，真是吵死人的傢伙，從以前就像一隻只會吠的膽小狗，到現在年紀一大把了，還是這樣。

「那個就要覺醒了，這麼一來所有的事都會平息。」

「真的嗎？是真的吧？」

「真的，大耳狐，這不過是成大事之前的小插曲罷了，一點點異常而已。」

「一點點異常，這是嗎……？整個都市都陷入驚恐狀態了。」

「發布非常警戒令吧。」

「我早發了。不過若是繼續出現死者，治安局將會無法壓制市民的混亂。」

「那就出動軍隊啊！」

市長僵住了。

「軍隊？」

「沒錯，就算發生暴動，只要派出那支軍隊應該就能解決了，不會有任何問題，對吧？」

「你要我以武力鎮壓市民？這個NO.6的市民？」

「軍隊不就是為此而生的嗎？為了鎮壓所有反抗NO.6的人，不論是都市內側的人，還是外側的人。」

「但是……」

「大耳狐，下決定的人是你，因為你是王。我並不能左右你的做法，只是請你別忘了，你是統治這片土地的人，忤逆你就等於背叛NO.6。」

市長沉默了一陣子，最後他用力點頭說：

「的確，沒錯，你說得對。」

「是我踰矩了……」

「不，沒關係，我允許你。」

允許？你允許我？

男人偷笑。

「告訴軍部備戰，等待命令。」

「這樣好，正好藉這個機會讓愚民們看看你的能力。」

市長腳步慌忙地走出房間，似乎很興奮。

男人閉起眼睛，再度偷笑。

那個就要覺醒，這麼一來……

月藥關上蓮蓬頭的熱水。

今天要早點結束工作回家。

他習慣在工作結束後淋個浴，然後喝一杯冰水。雖然說這是他最期待的事情，也許有點微不足道，但是每次淋完浴之後，他的確感受到幸福。

好了，今天的工作結束了，可以回家囉。

每次一想到這裡，嘴角不自覺就會泛起笑容，妻女的笑容也會浮現眼前。

女兒跟自己沒有血緣關係，她是妻子帶過來的。也曾擔心自己跟女兒沒有血緣關係，是否真的能成為父女。不過到今天，他卻覺得可笑，不知道自己為什麼會擔心這種事情。沒有血緣關係又如何？那種東西跟親情根本沒有關係。月藥真的這麼覺得，因為他深愛自己的女兒。

年幼的、令人憐愛的莉莉。

每次親她臉頰，她總會害羞地笑，也許再過個一年，她就會說出「爸爸，別這樣」，拒絕他的親吻，不過這樣的模樣也非常可愛。可以的話，真想永遠都能親她……哎呀，也不能那樣吧。想那個還太遠了，不知道今天她會不會來巴士站接我呢？如果她來了，我一定很高興。我一下巴士，莉莉就會飛奔過來，一把抱住我說：「爸爸，你回來了啊。」我也會抱起女兒，親吻她的臉頰。

最幸福的時光。

能體會到這樣的幸福，也是因為莉莉，我的女兒的關係。而且，我即將擁有第二個女兒了。之前去醫院時，醫生說即將誕生的嬰兒是女孩。我的第二個女兒，莉莉的妹妹，家裡又要增添一名新成員了。

月藥換好衣服，輕輕撥了撥頭髮。

只要想妻女的事就好，絕對不能去想自己今天做了哪些事情。

什麼都沒有，我什麼都沒做，什麼也不知道。

這樣就好了。

明天借狗人會將剩餘的報酬給我，他應該沒有騙我吧？那傢伙很狡猾，別人占不了他的便宜。不過他雖然吝嗇，但是卻從來不說謊，他會遵守約定的。就這點來看，他是一個可以信任的傢伙。如果不是這樣，就算是剩菜、剩飯，跟垃圾差不多的東西，自己也不會選擇他做偷渡的合作對象。

只是這次的報酬跟以往的懸殊太大。

月藥伸出三根手指，從大拇指依照順序折下來。

金幣啊……三枚金幣。龐大的報酬。加上之前給的就有六枚金幣了，不就是可以吃喝玩樂好一陣子的金額嗎？當然，自己不會拿去玩樂，要全部用在莉莉以及即將誕生的小寶貝身上。戀香一定會很開心吧……只是，之前拿金幣給她的時候，她的憂心大過於喜悅，臉色一變地說：「老公，你怎麼有這麼多錢?!」雖然那次矇騙過去了，但是那樣不好，讓戀香擔心了。這次不能再露出破綻了，一定要想好不會讓戀香懷疑的說詞，譬如特別撫恤金之類的，希望這次能說出高明的謊……

金幣六枚。懸殊的報酬。

折完全部手指後，月藥立起小拇指。

想給莉莉買春天的洋裝，也要給戀香買一套。戀香很漂亮，只是沒有多餘的錢讓她打扮自己。她總是穿得很樸素，看起來比較老，如果她穿上粉紅色或水藍色那種明亮顏色的洋裝，一定很好看。還有火藍，她很照顧莉莉，很疼愛她……要買點謝禮送她才行，買什麼好呢？

心情開朗了起來，好興奮，彷彿看見牽著莉莉的手去買東西的自己，看見莉莉回眸一笑的模樣，戀香也笑著。

啊啊，真幸福。

這是月藥發自內心的感受。

他喝光杯子裡的水。

結束了，回家吧。

警鈴響了，警示燈一閃一滅。

「啊！」

月藥的心臟緊縮，全身冒冷汗。

通往監獄設施的門要開了。

剛才月藥穿過那道門進入監獄設施，進行清掃作業，然後再回到這個小房間。他決定早點結束工作，洗個澡，然後喝水。

只是這樣，只是這樣而已。

他往後退。

我只有做那些事而已。我跟平常一樣認真工作，現在正打算下班回家。

快逃吧！

在走廊錯身而過的年輕男人是不是這麼說的？對，他說了。雖然年輕卻有威嚴，雖然有威嚴，卻能露出豔麗的笑容。

快逃吧！

那是警告嗎？是不是應該照著他的警告快點逃走才對呢？可是，我害怕慌張露出馬腳，害怕因此反而被懷疑。如果逃走了，不就等於承認自己的罪嗎？我不想被懷疑，所以我明天、後天都還要來上班。如果被懷疑了……我、我、我會失去這份工作，所以我打算明天還要來上班，因此我才故意無視他的警告，假裝沒聽到……

快逃吧！

啊啊……我錯了，我應該聽從那個男人的話，我應該快逃的。

門開了。

我應該快逃的。

兩名治安局人員持槍站在那裡。

「你是月藥吧？」

雙腳顫抖，雙手顫抖，全身都抖個不停。

不可以，不能發抖，這樣反而會被懷疑，要假裝什麼都不知道。假裝不知道發生什麼事……我什麼都沒做……

「回答！」

「……對，我是。」

「我們要帶你走，不准反抗。」

「帶、帶我走……去、去哪裡？」

沒有回應。

幾乎相同身高、相同肩寬的強壯局員持槍無言地對著月藥。

沉默說明了一切。

破滅即將來臨，月藥知道自己逃不掉了，但是他仍舊試圖做出最後掙扎。

不要，我不要！

「為、為什麼……我、我做了什麼……」

這次對方有回應了：

「你的動作可疑，在『人體模型』那裡的時候。」

「可、可疑的動作？那、那是……一定、一定是弄錯了。我……我只是打掃而已，因為清掃機器人故障的關係，地板弄髒了，我被叫去打掃而已……呃，所以我只是去收拾殘局。」

「負責保養維修那台機器人的是你。」

槍口上下移動，彷彿要阻礙月藥拚命的辯解。

「而且還比當初預定的時間早一週。」

「那是因為……我覺得它有問題……這種事常有……」

兩名局員不再開口了。緊閉的嘴角，讀取不到感情的眼眸，這兩個人才真的像機器人。

被機器人帶走的命運就是破滅，無法逃脫的破滅。

不要、不要，我不要！

我要回家，我要回到莉莉跟戀香身邊。

月藥將手中的杯子一扔，往外衝了出去。

我要逃、我要逃，我要逃脫！

只要從這條路筆直往前跑，穿過關卡就是下城了。只要搭上巴士，十分鐘就能抵達固定的那個巴士站，莉莉應該在那裡等我了。

「爸爸，你回來了。」

「是啊，我回來了呀，莉莉。」

「媽媽在等你了，聽說今天的晚餐是爸爸最愛吃的燉肉，還有火藍阿姨烘焙的麵包哦。」

「那真棒，光聽就讓我覺得肚子餓。對了，莉莉，爸爸下次買衣服給妳。」

「真的嗎？」

「當然是真的，下次休假我們就去買。」

「好高興，謝謝爸爸。」

「呵呵呵，好了，我們回家吧，媽媽在家等我們。」

胸口傳來灼熱的衝擊。

眼前血肉模糊。

怎麼了？

我的世界傾斜了，視野陷入一片漆黑。

不要、不要，我不要！我要回家、回家、回家……

「爸爸，你回來了。」

「是啊，我回來了呀，莉莉。」

被一槍斃命的月藥倒在地上。

借狗人別過頭，緊握拳頭。

怎麼會這樣！

「喂，那個男人被槍殺了。」力河叫著說。

他們藏身在分散於監獄周邊的灌木陰暗處。在監獄設施裡面，只有現在眼前的那間清掃管理室不用經過關卡，就直接與西區相連。當然只有從監獄內部才能夠自由進出那道門，從清掃管理室是無法走進內側。只要那道號稱連小型導彈都無法破壞的特殊合金門不開，外部便無法入侵。就這層意思來看，月藥的職場就位於接近西區的地方，完全隔絕於NO.6之外。

就借狗人來看，被隔絕並沒有任何問題，因為就算求他，他也不想踏入監獄內部。他一點興趣與關心都沒有，更甚至希望一輩子都不要跟監獄扯上關係。

比起監獄設施，月藥從緊鄰清掃管理室的垃圾收集場收取多少剩菜、剩飯、舊衣服賣給他，更讓他在意，也更重要。

借狗人跟月藥做了很久的生意了，算算也有三年了吧。借狗人對他不是很熟悉，也並不是很喜歡他，他們只是彼此利用對方做生意而已。

那個男人規規矩矩又小心翼翼，還有些許良心與欲望，是個處處可見的平庸男子，是眾多人群中的其中一人罷了。

不過他很愛他的家人，他曾說過家人是他在這個世界上最重要的東西，還很高興地笑著說再過不久女兒就要誕生了。聽到借狗人說：「你養人不會覺得麻煩嗎？也不能像狗一樣養。」時，他張著嘴說不出話來，似乎被嚇到了。借狗人還記得他閉上嘴巴後，露出有點憐憫的表情。

借狗人當初完全無法理解那個表情的意義，不過現在有點明白了，託小紫苑的福……不，是他害的。

借狗人稍微能理解月藥疼愛小生命的心情，而且對於在家裡等著父親、等著丈夫回家的家人而言，月藥絕對不是眾多人群中的其中一人，是無可取代的存在。

這點他也懂了。

「原來如此，那些傢伙不單是西區的居民，連NO.6的市民也能面不改色地槍殺。」

力河擦拭著額頭上的汗水，這麼說道。

然而，他雖然嘴裡這麼說，身體卻是僵硬又緊張。

「因為他是下城的居民，那才真的是……像垃圾一樣的東西吧。」

借狗人假裝平靜地這麼回答，然而他也是非常緊張，脖子都僵硬到發疼了。

沒想到他們會殺了他……

作夢也沒想到月藥會被殺。

他是有想過可能會被發現，因為月藥很有可能無法順利圓謊，結果露出破綻，最糟糕的情況，月藥可能會被拘捕……

不過，只要如同老鼠所說，監獄本身會瓦解的話，那麼他馬上就能重獲自由，只要自己趁亂潛入牢房將他救出即可。

「真是的，只因為被你的花言巧語打動，就落得這般下場，幸好我沒有把你的話當真。可惡，被你騙得團團轉。」

我可以忍受聽他抱怨一、兩句，需要的話，低頭向他道歉也無妨。然後將約定好的金幣恭恭敬敬地遞給他。三枚，再加一枚「補償費」遞給他。這樣他的心情應該就會變好了。

監獄設施瓦解，等於月藥也失業了。

這麼長的一段時間承蒙照顧了。

是啊，真的，不過我再也不做危險的工作了。

兩個人握手，然後珍重再見。

借狗人一直以為如果能這樣道別，那是最完美的。

然而，現在月藥趴在乾枯的大地上，一動也不動，只有風吹拂過去。

沒想到他會被殺……

這麼隨便、這麼簡單就被殺……月藥是市民，是牆壁裡的居民，好歹也是有登記的NO.6市民，跟我們不一樣，不會被狠心殺害，不可能會……

借狗人如此相信。

我真是一個無可救藥的天真小子，明明很了解NO.6會如何冷酷、殘暴地對待背叛自己、不服從自己、抵抗自己的人……原來我只是覺得了解，其實一點都沒搞懂。我太天真了，我應該要求他在按下那顆按鈕後就快點逃走，我應該要下指令讓他逃走……

感覺好像頭髮被往上拉，髮根刺痛，隱約的尖叫聲已經攀爬到了喉結。

他想起來了……老鼠的信上明明有寫，不是嗎？

要求協助者迅速逃離。

的確有寫這一句。老鼠已經看穿這樣的冷酷與殘暴，而我卻忽略了。我只是費盡心思想把月藥拉進來，卻來不及思考到協助者的人身安全。直至現在，我都還不相信會變成這樣！

是我的疏忽。我犯下了不可原諒的疏忽，我是一個幼稚的混蛋！

借狗人緊咬下唇。

如今再後悔也無法挽回什麼。

「真殘忍。」

力河再度擦拭額頭上的汗水。

治安局的兩名男人用腳尖踩了踩月藥的身體。他們互看一眼，接著點頭。然後一人一邊拉著月藥的腳往回走。死者體內流出的血，在乾枯的大地上畫出了一條紅線。

「那些傢伙真的是人嗎？」力河沙啞地說。

借狗人身旁的狗兒們低聲呻吟。

沒錯，這些狗都比他們強上百倍，都比他們擁有正常百倍的心靈。

借狗人輕輕彈指，狗兒們一起站了起來。力河眨眨眼，說：

「喂，等一下，你要做什麼？」

「這還用問嗎！當然要咬斷那些傢伙的咽喉，替月藥報仇。」

「笨蛋，快住手！你的狗再怎麼厲害，也不可能贏過武裝的治安局局員，而且要是被他們發現我們在這裡，連我們都會被槍殺。連市民都能舉槍對付的那些人，怎麼可能會放過我們。」

「是沒錯，但是……」

「那個男人若是還活著，你慌慌張張就算了，可是他已經被殺了，死了。死人什麼都沒感覺，不會後悔也不會痛苦，就跟地上的土塊一樣。沒必要為了一塊泥土，連我們的命都丟了吧？至少我不要。」

力河充血的眼睛變得嚴厲。

「我們不能死，我們還有重要的事要辦，我們要救紫苑才行，變成幽靈可無法完成工作的，別忘了最重要的事情，借狗人。」

「……我知道了。」

力河說得一點也沒錯，接下來還有重要的工作，不留下這條命就無法完成的工作。

借狗人用比剛才緩慢的動作再次彈指，狗兒們動作一致地伏地。力河嘆了一口長氣，說：

「真是的，別因為一時的感情而衝動啦，就是這樣我才不相信年輕人。」

「大叔。」

「幹嘛？」

「你十年會講一次能聽的話耶，原來你也是有點用處，不是光會扯人後腿而已。我對你改觀了。」

「隨你愛怎麼說啦。」

「不管我再怎麼胡說八道，金塊還是要平分喲，這點別忘了。」

「我會啦，就算跟你平分，那些財寶也足夠我玩樂一輩子了。不過，那個男人被幹掉了，我們要如何潛入清掃管理室？」

「我有鑰匙。」

借狗人用手指夾著磁氣式卡片鑰匙遞到力河眼前。

「你有鑰匙啊？」

「對，備用鑰匙。監獄裡只有清掃管理室還使用單純的磁氣式卡片鑰匙，而且沒有活體認證系統、保全系統、異物探知系統，連監視錄影機都沒有，是一個最佳的藏身地點。」

「他們覺得收集廢棄物的地方，用不著花錢裝面子吧。所以那把鑰匙是你從那個可憐的男人身上摸來的囉？」

「不是從他身上，是從他吃午飯用的小桌子，我從桌子裡的抽屜裡借來的。」

那是一張讓人一看就知道是從垃圾堆裡撿來的破舊桌子，月藥就一個人坐在那裡吃午飯。他曾經分給借狗人一個叫做馬芬的甜甜小麵包，好吃到令借狗人回味無窮。他說是在附近的麵包店買的。

「所以已經沒必要還了。」力河以異常認真的口吻這麼喃喃地說。

「是啊，沒必要還了，不過我會好好利用它的。」

我會把這座監獄設施瓦解的模樣獻給你，月藥，我會獻給你能夠與你所流的血相抵的東西給你。我知道這樣不足以彌補我的過錯，不過這將是我能獻給你的最佳供品。

借狗人壓著自己的胸口，那裡放著老鼠給他的信。

這次我不會再錯了，我會小心翼翼，不會再大意了。

這關係到他們，關係到老鼠跟紫苑的性命，絕對不能失敗。

吱吱吱！

不知道在何時，腳邊坐著兩隻小老鼠，牠們沿著借狗人的手臂攀爬上來。

是哈姆雷特跟克拉巴特，應該沒記錯，是兩隻擁有知性與自我意識的生物。
「你們來了啊。好了，這下子配角全到齊了，大叔。」
「是啊，接著只要準備好完美的舞台，等待主角上場即可。」
「沒錯，絕世名伶的登場，我們可要吹奏嘹喨的開幕曲才行。」
只有一幕的大戲。
是希望還是絕望？是成功或是失敗？是天堂還是地獄？還有，是生是死？沒有劇本的舞台，布幕已經升起。
換我們上場了，我等你，老鼠。
吱吱，吱吱吱……
肩膀上的兩隻小老鼠抬起頭，彷彿在呼喚著誰似的齊聲鳴叫。
「停了耶。」
紫苑的這一句話讓老鼠微微地歪著頭不解。
「還沒停吧？」
電梯還在上升，順暢地不斷往上升。紫苑輕壓了自己的眼眶，說：

「我是指眼淚，不是停了嗎？」

霎時，老鼠雙頰泛紅。

「笨蛋，這種時候說什麼無聊話！有時間取笑我，倒不如將精神集中在門上，門一開，可不知道會出現什麼喲。」

「我沒有取笑你，只是覺得眼淚不流了而已。」

「囉嗦！別再說了。」

老鼠別過頭，彷彿鬧脾氣的孩子。

有點好笑。

冷靜、說話諷刺、比任何人還要堅強、充滿魅力，這就是老鼠這個人。他似乎不再動搖了，然而他的內心是如此孩子氣，還擁有這麼直性子的一面，還保留著無法壓抑情感以及會覺得困惑的童心。

第一次看見老鼠流淚。

第一次看到老鼠無法忍受情動，哽咽不已的模樣，紫苑的心裡只湧現一種感情，那就是憐愛。不是友情，不是思慕，不是愛戀之心，也不是敬畏之念，就只是憐愛。

毫無防備的淚水讓紫苑憐愛不已，縱使犧牲性命也要保護他。

耳邊傳來呼嘯的風聲與激烈的雨聲。

是那場暴風雨的聲音。沒錯，那個暴風雨之夜遇見老鼠時的感情再度復甦了，那個時候自己也是被這種感情左右。

縱使犧牲性命也要保護他。

當然，那只是紫苑單方面的感情，老鼠並沒有脆弱到需要紫苑的庇護。這個事實後來紫苑親身體驗到了，被保護的總是自己，一直以來都是……

暴風雨的聲音並未停歇，還清楚呼嘯著。

當時的老鼠瘦弱，跟現在根本無法比較。他跟現在一樣肩膀染著血出現在自己面前，個頭矮小，身體負傷，只能勉強站著。縱使如此，他的眼眸仍舊生氣勃勃，毫無陰影。他沒有求救、沒有哀號，只是冷靜地盯著自己。

你究竟是怎樣的一個人？

這個問題從以前到現在就一直攤在紫苑眼前，然而他還是無法回答。

我究竟是怎樣的一個人？

我的理性、我的激情、我的愚蠢、我的欲望、我的正義，究竟擁有什麼面貌呢？張開雙手，手上還留著血跡。是自己的？還是那個男人的？染成暗紅色的手掌與五根手指。

我能跟自己對峙嗎？

「我看起來好慘。」老鼠嘆氣。他望著牆壁上的鏡子，不高興地蹙眉。

「頭髮亂七八糟，臉上髒兮兮，真慘。這個模樣連馬克白的魔女都不會理我，要是被劇場經理看到，他不知道會有多痛心哩！」

「我覺得很漂亮。」

「紫苑，你不用安慰我了。真是的，變成這樣，浪費我的天生麗質了。」

「沒想到你這麼自戀。」

「我跟某人不一樣，我可是很了解自己。美就是美，醜陋就是醜陋。」

「你是指外貌啊……」

還是人的內心？你的目光連人心的美醜都能正確捕捉到嗎？

我的理性、我的激情、我的愚蠢……

老鼠念出馬克白裡一段魔女的台詞：

「漂亮就是汙穢，汙穢就是漂亮，好了，飛吧。」

電梯停了。

紫苑凝視著電梯門。

呼喊著，沙布在呼喊著……他能感覺到，強烈地感覺到。

紫苑。

電梯門無聲地開了。

「不要毫無防備就衝出去！」

老鼠的手制止了紫苑，率先走出去。他的腳有點礙事，雖然血流似乎是止了，不過傷勢應該很重，也許一激烈動起來，會有再度噴血的可能性。老鼠跟紫苑本身的體力都快達到極限了。

紫苑。

沙布，妳還好嗎？我能見到妳嗎？

我為了跟妳一起逃離這裡，所以來到這裡，請帶領我們找到妳。

紫苑……

一條長廊，黑色華麗的走廊，電梯這一側是牆壁，相反側有三道門，等間距分布著。沒有人氣，一片寂靜。電梯在紫苑背後靜靜關上。

「是哪一道門？」老鼠回頭問。

「右邊、左邊，還是中間？開錯門也許會有豺狼虎豹衝出來哦。」

「不……不是，不是這三道門。」

紫苑筆直走在走廊上，不是右邊，不是左邊，也不是中間。

突然一道門開了，出現一名白衣女。

「啊……」她手中名片型電腦滑落。

「你們……為什麼外人能進到這裡來……」

兩人從呆站在原地的女子面前走過。

「等一下……你們要去哪裡……」

「小姐。」老鼠撿起電腦，交還給白衣女。

「很抱歉嚇到妳了，我們不是可疑人物……不，我們非常可疑，不過妳別擔心，我們完全沒有要加害妳的打算，請不要大聲嚷嚷。」

紫苑停在路的盡頭前。

沙布。

牆壁輕輕地往左右滑開。

「為什麼、為什麼那道門會開？」白衣女發出悲鳴聲。

老鼠吹吹口哨，說：

「真像天方夜譚裡會出現的洞穴，紫苑，你用了什麼咒語啊？」

「不會吧……為什麼那裡會……」

白衣女蹲下。也許是太過驚訝而引起貧血吧，她的臉色比紙張還白。

門的裡面還有一道門。

深紅色的門。

「品味真差。」老鼠咋舌，站到紫苑身旁。

「能開嗎？」

「應該可以。」紫苑將手放在門上。

這時老鼠的身體突然顫抖。他閉上眼睛，緊抿雙唇。

「老鼠……怎麼了？」

「聲音……我聽到聲音……」

「你也能聽到沙布的聲音嗎？」

「不是，這……不是人的聲音，這是……誰的聲音？」

「說了什麼？」

「……終於來了嗎？」

老鼠握緊拳頭放在胸口，用力吐氣。

「你終於來了嗎？我等你好久了。」

你終於來了嗎？我等你好久了……

呼喚我的人是沙布，那呼喚你的是誰呢？在門的另一頭等著你的是誰？

手心傳來震動，深紅色的門開了。

「呃……」

紫苑跟老鼠同時發出聲音，聲音也同時哽在喉嚨。

「這是……」

好幾根注滿透明液體的透明柱子立在前方，是孩童用雙手勉強可以抱住的大柱子整整齊齊地排列著。

是腦。

「腦嗎？」老鼠吞了口口水。

一根柱子裡飄浮著一顆人腦。

仔細一看，有數根透明管子連結腦跟柱子下方，透明管子偶爾會發出青白色光線。

異樣的光景，完全沒想到會看到這樣的東西。無法想像。

深紅色的門關上了。在關上的那一瞬間，似乎聽到了風聲。

是幻聽嗎？是幻聽吧……然而，現在這雙眼睛看到的東西卻不是幻覺，是現實，是有實體存在的光景。

腳軟了，心也畏懼了。

老鼠的手撐住紫苑腋下。
啊啊，我需要你的支撐了嗎？
兩人緩緩走到柱子之間。
要走到哪裡？有盡頭嗎？
「紫苑。」有人呼喊。
抬頭。
沙布就站在那裡。
穿著那件毛衣。
沙布的祖母親手幫她編織的那件黑色毛衣，胸口跟袖口有深粉紅色線條的那件毛衣。
「沙布！」
沙布就站在那裡。
傳來風聲。
紫苑筆直地伸出雙手。

國家圖書館出版品預行編目資料

未來都市NO.6 / 淺野敦子著；Bxyzic圖；珂辰譯.
-- 初版.-- 臺北市：皇冠, 2008.12- 冊；公分.
-- (皇冠叢書；第3807種) (YA！；011-)
譯自：NO.6#1 --
ISBN 978-957-33-2463-8（第1冊；平裝）--
ISBN 978-957-33-2494-2（第2冊；平裝）--
ISBN 978-957-33-2523-9（第3冊；平裝）--
ISBN 978-957-33-2557-4（第4冊；平裝）--
ISBN 978-957-33-2595-6（第5冊；平裝）--
ISBN 978-957-33-2643-4（第6冊；平裝）--
ISBN 978-957-33-2683-0（第7冊；平裝）--
861.57 97015693

皇冠叢書第3999種
YA！034

未來都市NO.6⑦

No.6〔ナンバーシックス〕#7

作　　者—淺野敦子
插　　畫—Bxyzic
譯　　者—珂辰
發 行 人—平雲
出版發行—皇冠文化出版有限公司
台北市敦化北路120巷50號
電話◎02-27168888
郵撥帳號◎15261516號
皇冠出版社(香港)有限公司
香港上環文咸東街50號寶恒商業中心
23樓2301-3室
電話◎2529-1778　傳真◎2527-0904
出版統籌—盧春旭
版權負責—莊靜君
行銷企劃—林倩聿
印　　務—江宥廷
校　　對—鮑秀珍・劉素芬・周丹蘋
著作完成日期—2008年
初版一刷日期—2010年07月
初版二刷日期—2012年01月
法律顧問—王惠光律師
有著作權・翻印必究
如有破損或裝訂錯誤，請寄回本社更換
讀者服務傳真專線◎02-27150507
電腦編號◎515034
ISBN◎978-957-33-2683-0
Printed in Taiwan
本書特價◎新台幣199元/港幣67元